浪
的
景
观

浪的景观

周嘉宁 著

上海文艺出版社

目 录

再见日食........................001

浪的景观........................065

明日派对........................151

再见日食

拓在丹佛机场的巴士站旁边看到一位年轻人靠在行李上看自己的小说。年轻人仿佛从暴雨的地域跋涉而来，湿掉的衣物和鞋子一样样摊开在旁边的栏杆上，正舒适地待在被自己圈起来的庇护所，完全没有留意身边的平凡中年，更是无论如何也不会想到自己游荡的地方正是这个人的内心世界。拓不由想，他读到了哪里。

书里的故事关于一九九五年一支高中棒球队从日本来到美国参加棒球比赛。当时拓已经搬到美国，决定只用英语写作，放弃日语并不是为了摆脱具体的束缚，也说不上是对另外一种思维方式的确认。结果以练习的心情笨拙地写作，竟然获得了出乎意料的成功。他被认为在东方审美和西方价值观之间撑起一片虚拟的时代，守护着现实中原本不可能存活下来的美。在不知不觉中拥有越来越多年轻的读者，跟随着他，寻找通往不知何处的出口。

拓最喜欢在读者见面会上朗读的段落是棒球少年们坐着巴士，沿东海岸一路去往纽约，经过一片水域，巴士像是行驶在海里，也像是银河铁道列车，有银白的河滩，三角形的黑鸟，巨大的月亮，同行的朋友，以及即将到来的新大陆。然而他自己此刻正要去往的，却是新大陆的彻底背面。

昨晚拓还在波士顿参加文学节的开幕派对，他和几位同行喝了酒，他们好几个人都在野心勃勃地写两卷本的大书，恨不得把时代吞吐干净。回到酒店以后他查收了出版社转发给他的电子邮件，其中一封的发件地址让他心脏狂跳。是停运多年的旧日机构，像是来自记忆之河对岸的挥手，那都是上世纪的事情——乌卡去世了。邮件在编辑那里耽误了两天，拓看到的时候已经是葬礼的前一天。

拓立刻调整了后面所有的行程，取消了朗读会，买了第二天的机票。他有些庆幸自己在纽约，至少是在美国大陆，而不是游荡在世界的其他角落，不用怀着过分巨大的决心赶往佩奥尼亚。不是说他没有这种决心，而是出于恰恰相反的理由，他畏惧的正是伴随决心而来的汹涌情感。

但是从波士顿到丹佛的航班晚了四个小时,等他到达丹佛的时候,错过了当天最后一班去往佩奥尼亚的飞机。命运像是要给他一些提示,或者一个缓冲地带。然而即便不可能赶上葬礼,他也无心在丹佛过夜,决定连夜换坐大巴继续前往佩奥尼亚。车厢出人意料地拥挤,都是要在霍克斯下车的学生。他们像潮水一样离开以后,司机关闭了音乐,留下长长一段漆黑的旅程,直到巴士钻出树林,斜前方出现一片冷冷的湖。正是小说里的棒球少年们所经历的那种夜晚。他想要休息一会儿,但是心里涌动着复杂的思绪和期待,无论如何也合不上眼睛。他忍不住想象葬礼的情景,浮现在脑海里的却是一九九五年春天,他和新朋友们挤在面包车里,司机一路放着杜兰杜兰乐队的音乐。佩奥尼亚的本地居民在社区公园里搭好了大棚,大部分是教会的老人,他们陆陆续续过来,准备好食物和酒,欢迎年轻艺术家们一年一度的光顾。刚刚下过雨,拓穿着郑重其事的衣服在泥泞的草地里小心走动,害羞极了,尽量不和任何人交换眼神,坐在大棚里,低头吃着装在塑料盘子里的炖肉和蔬菜。长凳的另一头坐着一位极其瘦小的女士,上了年纪,裹着颜色明亮的披肩,深色皮肤,闪亮的灰发仿佛一团镶着金边的乌云。她礼貌地挪过来，问候说，"你们在东京还好吗？"

可能是因为时差，或者纸杯里的葡萄酒，拓感觉激动和哀伤，竟有些哽咽。

往佩奥尼亚寄出申请材料之后不久，便发生了奥姆真理教事件。那段时间拓每天都和文学社里最好的朋友见面，有关申请的事情却只字未提。他们常去立交桥附近的公园，公园里有一片小小的棒球练习场。棒球队员放学以后在那里训练，租借器具的小棚旁边有几张椅子，常年散发汗臭，拓却最喜欢坐在那里聊天，因为正对着训练场，一边讨论新闻里残酷和迷惘的现实，一边能听到球棒振奋人心的撞击声。

来到美国前的两个月，拓无心做任何事情，一边办理手续，一边处理租借的房子。这样一再拖延，直到临行之前才终于鼓起勇气告诉了朋友。他们还是在公园里，傍晚有乌鸦和春日的微风。朋友严肃地说如今是观察日本社会形态最好的时机，有志于写作的人无论如何都不会离开——"原来你有的不过是虚弱的热情啊！"——朋友的话令拓既伤心又气愤，却无法开口为自己辩解，于是装着毫不在乎地和他挥手告别。

"奥姆真理教的成员给他们使用的毒气设备起名叫宇宙清洁器，那是在《宇宙战舰大和号》里出现的除辐射装置。"拓没头没脑地回答那位女士。

"你说的是一部科幻小说吗？"女士好奇地问。

"是七十年代播出的动画片。"拓回答。

"哦！你真是一个非常有趣的人。"女士的笑声消除了拓的紧张。

直到她被簇拥着上台致辞，拓才意识到她就是乌卡。乌卡是印度裔的乌干达人，七十年代中期以哈佛大学访问学者的身份来到美国，认识了丈夫彼得。不久，亚裔被阿明政府逐出乌干达，乌卡滞留美国，生下女儿蒂娜，自此再也没有回到家乡。八十年代中期彼得作为记者被派到中国完成一篇医疗系统的报道，之后他与乌卡一起从中国出发，一路在亚洲和东欧国家游荡，结交了不少记者，作家和诗人，流亡的世纪正接近尾声，小半个世界从创伤中渐渐恢复。他们回到美国以后四处筹集资金，创立了这个青年艺术家培养项目，邀请来自东欧和亚洲的艺术家和作家集体生活，提供他们最基本的生活费，地点选在佩奥尼亚的小镇，大片的湖泊，草地和山脉交汇于此，是一片理想的中间地带。

拓当时还完全没有开始写作，但是他的中学时代是在二手英语书摊度过的。高中里面自己凭借兴趣翻译过几篇蹩脚的科幻小说，到了大学读的是不相干的专业，却因为迷上了托马斯·品钦而费劲地翻译了品钦的几个短篇，其中他最喜欢的《熵》印在了学校科幻社自己做的刊物上，后来不知通过什么渠道被品钦的日文版编辑看到，写来一封长长的信件。拓以为这样自说自话的翻译习作会被批评，结果却得到了意外的鼓励，那位编辑称赞他的翻译比已经出版的日语版本更贴近五十年代末期美国青年的精神氛围，并且愿意作为推荐人，帮他申请佩奥尼亚的青年驻留项目。

拓回忆起这些，巴士司机提醒说十分钟以后就要到达佩奥尼亚。拓起身去车厢后面用厕所，一脚踩进湿滑，便桶像被刚才的少年们用屎炸过，他扶着把手，在狭窄的箱体里晃动，狼狈不堪，等坐回到座位上又觉得好笑，几乎要笑出声来。不由想起刚刚那个在机场看书的男孩，希望他旅途愉快，能够感受到小说里那个干燥清洁的世界。

第二天清晨拓被旅馆房间的电话叫醒——"拓？"——电话里传来一位女性迟疑的声音，得到拓的确定以后那头立刻惊呼起来，"快下楼，我等不及要见到你！"拓身处不知何处的梦境，放下电话以后看到挂在镜子跟前的黑色西装，彻底清醒。他在狭小的卫生间里飞快地洗漱，穿上衬衫又脱下，换成在旅途中穿的旧T恤。走在楼梯口的时候才意识到自己紧张到微微出汗。

小镇没有建造新的旅馆，二十多年来都是同一幢小楼，总共三层，有二十来间房间，在小河边，挨着公共图书馆，背后有一整片核桃树，每到秋天，绿壳的核桃掉得满地都是，慢慢腐烂。拓走了两层楼梯，推开通往门厅的门，没有来得及迟疑，便看到一个身材高挑的女人从立柱后面转出来，快走了两步朝他跑来，几乎撞在他的肩膀上，紧紧抱住了他。拓在她结结实实的拥抱中平静下来。哦，蒂娜，当然是蒂娜，旋风一样，带着夏日的暑气。直到蒂娜挽住拓的胳膊坐下来，拓才得以将视线凝固在她身上，立刻认出她身上那件荡着穗穗的嬉皮袍子是他们一起在慈善商店买的，她很喜欢，那一年里，从夏天穿到冬天。

"这件衣服竟然还在。"拓笑起来。

"这几天整理妈妈的东西又翻出来。衣服没坏，但我老啦。"蒂娜打断他的注视。

"你找到了几颗小行星？"拓问。

"哈！哈！"蒂娜与从前一样，只要稍稍激动，眼角便泛起泪光，脖子和胳膊上也随之起一层薄薄的疹子。她比拓年长几岁，声音响亮，精力充沛，饮酒过度。有种天然的异域风情，无论在什么场合都令人难忘。蒂娜当时正打算从物理学专业转到约翰·霍普金斯大学念宇宙学，于是一九九五年回到佩奥尼亚，一边自学编程，一边补习量子物理，同时申请新的学位。这期间不得不反复和围绕在乌卡周围的年轻艺术家们解释，宇宙学的意义并不在于发现小行星，而是在于学习宇宙的诞生和演化，宇宙所包含的一切中只有极其微弱的一部分是可以被感知的，剩余的则无法被命名，甚至无法被想象。为此蒂娜大部分时间都坐在公共图书馆的计算机前面修正代码，她称之为模拟。那些数字和字母的复杂组合到底是如何用一种抽象模拟另外一种抽象的，拓一点都不明白。但拓知道，蒂娜一旦进行起枯燥的运算，便给人一种正全身心维护着宇宙进程的可信赖感。

"旅馆前几年整体翻新过，装了中央空调，但早餐还是一样糟糕。"蒂娜说。

"我没想到机构的邮箱还在使用。"拓说。

"两年前项目又重新启动了，是一所大学的写作中心与基金会合作的。乌卡名义上还是召集人，但现在有了专门的委员会负责具体工作，他们有一栋小小的办公楼，就在图书馆旁边，你记得吗，那里以前是图书馆的办公楼。"蒂娜说。

"大家也还是住在这间旅馆里吗？"拓问。

"是啊。你很快就会见到几个，新一批的人上个月刚刚来，其中有好几个是因为看了你的书才知道了佩奥尼亚。"蒂娜回答。

"但愿没让他们失望。"拓移开目光。

"你从没让人失望。"蒂娜握住拓的手说，"我现在就得走了。今天有太多事情要做。晚上来家里吃饭好吗，都是老朋友。一定要来好吗？"

"你去忙吧。我打算四处走走，我们晚上再见。"现在拓也泛出泪光。

蒂娜又重重抱住他，像是要给予他一些安慰和允诺，然后她挎起包，飞快地钻进门口一辆旧的白色雪铁龙。目送她的车离开以后，拓没有回房间，却被旅馆里时光倒流的气氛吸引，来到二楼走廊。会客室依然保留着，如今门口挂着非工作人员免入的提示牌。拓旋转门球，出乎意料，门被推开了。而里面窗户紧闭，空无一物。人踏入黑洞时，大概也会有这种感受，物理性的记忆被彻底移除以后，时间的漩涡干燥寂静。

拓走到窗边，伸手推了推，推不动，又试试窗栓，锁死了。但能看到阳光正缓慢地移动到窗外的屋顶。

二十多年前他们占据了这里整整一层。正对着电梯口的是餐厅，食物真的很糟糕，早餐除了供应烤面包和煮过头的咖啡之外没有其他热的东西，鸡蛋和水果包着塑料纸，摆在冷柜里。即便如此，当时他们每个人都年轻，贫穷，饥饿，而这里的早餐是免费的，为了午餐能少吃，或者干脆省下午餐，大家都尽量在早晨吃很多，热烘烘的面包拿了一片又一片，呼唤服务员端出一壶又一壶的咖啡。拓的房间紧挨着餐厅，天气好的时候能清晰地望见青色的山，再远处的山顶，即便是夏天也有吹不散的雪。拓的那一层楼住着印度和俄罗斯的作家，东欧腹地的诗人，还有来自阿根廷的马里亚诺。马里亚诺英俊得像电影明星，黑色披肩卷发平时扎在脑后，常常因为不知道如何妥当地与人交往而紧张到热情过度。他当时在布宜诺斯艾利斯一个小小的剧团里工作，住在快要倒闭的剧院楼上，正在写一出有关巨型哺乳动物和青春期的荒诞剧。一旦谈论起戏剧来他的情绪就变得热烈坚定，有限的英语词汇带着强烈的异域口音，像席卷而来的热带山洪，却一点都不混浊。他很快便爱上了蒂娜，像一只快乐的小狗，可能他自己还没有完全意识到，但其他人都看得出来。

改建以后的杂物间原本是公共厨房，那里放着一台微波炉，是很多人从没见过的稀罕玩意，他们高高兴兴地把各种东西放进去，等待叮一声响起。马里亚诺整个夏天都在河里逮鱼，有一天他一时兴起把整条没有开膛的鱼放进了微波炉，鱼在里面爆炸了，一股内脏混合着伏特加的腥臭，在楼道里滞留了很长一段时间。

泉的房间在拓的斜对面，她带来的行李多到惊人，被子，电锅，大米，几乎是为远征进行的准备。泉是所有人中间最晚到的，从中国出发，火车转飞机，在芝加哥机场滞留一晚，花费了将近四十个小时，错过了欢迎派对。但是她短短睡了一觉，恢复过来，精神极了，穿着整洁的运动衫和运动裤，头发剪得很短，像暑期训练中的游泳运动员，露出警觉的耳朵。她迟疑地站在会客室门口，并没有着急要加入其他人，似乎在做出重大的决定，或者等待关键时刻的到来。拓第一次见到泉，他站在她的身后，不知该前进还是后退，只好和她一起等待，竟不知不觉被她的情绪感染。

她和其他人不同，他们抱着或大或小的愿望来到美国，她却怀有拓所不能理解的决意。

乌卡常常以改善伙食的名义招呼大家来家里做客。当时彼得已经去世两年，乌卡和蒂娜的家在距离旅馆不远的半山腰上，跟前有一片草坪。蒂娜会做好两大盆奶酪通心粉，两大盆洋葱色拉。冷肉，芝士和饼干仿佛怎么也吃不完。即便是现在，拓还常常会按照她的方法做色拉，最关键的是放上大把切成薄片的洋葱和生蘑菇，也不要吝啬橄榄油。如果遇上节日，生日或者橄榄球的重要比赛，她们便会动用院子里的烧烤架，委托邻居一早送来新鲜的鸡肉，牛肉和蔬菜。乌卡自己吃得很少，仿佛不靠实体的物质活着，有时候一天只吃一点水果，两片吐司，但喝很多很多酒，也睡得很晚，神采奕奕。每天都是从傍晚开始喝酒，为其他人准备红酒和啤酒，自己喝白兰地，一再地挽留大家，多半过了凌晨才散。她要是兴致勃勃，便会提出要开车送大家回去，谁也不能拒绝，于是剩下的人尽量挤进她的车里，大家醉醺醺的，她也醉醺醺的。白晃晃的车灯粗暴地照着黑暗的山路，只看得见眼前的一小段。

有一天晚上的橄榄球赛以后乌卡讲起彼得。彼得是橄榄球迷，之前每逢相邻城市的体育场有重要比赛，他一定要开车好几个小时顺上几位朋友一同前往，通往体育馆的马路从好几公里外就开始堵塞，所有人都高高兴兴，车子的后备箱里放着啤酒和披萨。即便在买不到球票的日子，彼得也会坚持去体育馆旁的停车场，和来自四面八方的人一起，观看投影上的比赛实况。乌卡说到动情，突然拿着酒起身，领着他们穿过长长的走廊，打开书房的门。书房里依然维持着彼得生前的气氛，他去世当天的报纸还摆在书桌，墙壁上挂着来自各个年代的合影，照片里的每个人乌卡都记得，一边喝酒一边娓娓道来。

"她那时候在写女性和种族隔离，后来她的书被查禁了。"

"从波兰过来的作家最多，八〇年波兰经济崩溃，彼得筹到钱给在那里的作家购买食物。"

"这是我们在布拉格的合影。后来我们邀请他过来，但是他入狱了。我们帮他请了律师，他还是在狱里待了两年。这张是他从狱里寄给我们的照片。"

"她来这里的时候比你们年纪还小，非常可爱，看待一切的态度都很激烈。"

"他追求过我。喝醉了要和彼得决斗。但他们干了一架，成了朋友。"

"她去世了,但她的女儿和我仍然在通信。"

"七八十年代是佩奥尼亚最精彩的时候。当时的驻留项目时间很长,大家一来就待上一两年。一些人刚刚出狱,一些人流亡在外再也无法返回祖国,这里成为他们临时落脚的地方。每年冬天要分开都是生死离别,很多人自此一生都不会再次相见,因此在一起的时候格外珍惜。"乌卡渐渐喝多了,语速越来越慢,间或长时间的停顿。直到她打开柜子的门,从里面拿出一条长裙。

裙子是白色的丝缎,轻盈得仿佛昆虫的翅膀,用晶莹的细线绣着一团团的花与枝叶。乌卡兴致勃勃地展示给他们看,然后说,"这是我死的时候要穿的裙子,彼得去世以后我就准备好了。"她很愉快,像是分享一件宝物。泉却在这个时候拉起她的手,又紧紧紧紧地抱住了她。乌卡彻底喝多了。她不再说话,搂住泉,笑着,轻轻拍打她的肩膀,抚摸她的头发。

之后他们回到客厅,正对着露台的窗户外面升起一轮巨大的淡黄色的月亮,于是他们关了灯,静悄悄地看月亮。无线电里播放着平克·弗洛伊德乐队的《月之暗面》,几十分钟里既没有停顿,也没有主持人插话。拓察觉到身边的泉克制着自己呼吸的节奏,他稍稍转过头去，便看到大颗的泪水正顺着泉的脸颊跌落，从鼻翼，到嘴角，然后飞快地消逝在黑暗里。拓惊慌地收回目光，也放轻了自己的呼吸，一动不动地看着前方，努力克制住自己想要伸手为她擦去眼泪的愿望。

几天之后拓正要离开图书馆时遇见泉，外面下起暴雨，雨幕将他们困住，改变了真实的透视和万物的关系。这种时刻该和女孩说些什么，拓毫无经验，却感到自己必须说些什么。

"请问那天晚上无线电里放的是什么歌？"然而泉先开口。

"《月之暗面》，是我最喜欢的乐队。"拓回答。

"哦。我从来没有听过类似的。"

"最后那首歌唱的是日食。"拓使劲组织语言想说一些更厉害的话，却被泉打断了。

"你见过日食吗？"泉问。

"没有。"拓回答，"你呢？"

"几年前见过一次日全食。"

"真幸运啊。白天也像夜晚一样吗？"

"差不多。你见过沙尘暴吗，日食就像是在一场沙尘暴里，结束以后刮起很大的风。"泉说着极其标准的英语，发音清晰，毫不费力。每个词语都卡在正确的位置，句子与句子之间的连接也像呼吸一样自然。拓想听她一直讲下去。

外面的雨停了以后，他们离开图书馆，并肩走在夜晚的水雾中，先是沿着河的这一边走，很快走出了日常的区域，穿过一大片仓库和集装箱，又折返回来，沿着河的另一边走。走累了便坐在湿漉漉的台阶上，长凳上，草地上，河堤上，然后又站起来继续走，突然闯进温暖夜色中的公园。

"听说马里亚诺在这里被一头鹿撞了。"泉大笑着。

"大概是从林子里来的鹿。乌卡说山坡背面林子里的鹿总是季节性地出来游荡，夏天结束之前进林子的话，讲不定正好赶上这样的季节。"拓解释。

"我想去看看。"泉说。

"你没有见过鹿吗？"拓问。

"一起出来游荡的鹿吗，从没见过。"泉回答。

"去林子得走上一整天。算上往返时间，早上六点就要出发了啊！"拓说。

"我没问题。以前我总在山里走。"泉干脆地回答。

"徒步旅行吗？"拓问。

"不不，是军训。进大学前我们在基地训练了一年。"泉简短地说。

"山里的基地?"拓问。

"那片山区生产樟木,你知道山里的木材是怎么运出去的吗?山里有河道,砍下来的树木被削去枝丫,放进河道,静悄悄地顺流而下。有时候木头会被水里的礁石和岸边的岩石阻挡,所以河边常年都有手持操作杆疏通河道的工人。"泉缓缓解释。

"真美。"拓听得入神。

"是吗。可惜在当时只感到压抑和枯燥。"泉不再说话,空气里的水雾已经消失,视力却反而在清晰的黑暗里持续下降。泉突然往旅馆的方向跑起来,于是拓也奋力迈开双腿,甩动胳膊,跟了上去。

第二天早晨六点,他们便从旅馆出发,书包里装着从餐厅拿的鸡蛋和面包。天还没有亮,流动着温柔奇妙的颜色,但空气干燥,预示着接下来又是过度明亮的一天。他们趁着整个镇子还在沉睡,很快走出了熟悉的地域,两个小时以后便来到森林的边缘。绝对不是什么厉害的森林,甚至用森林这个词语都显得过分郑重,只是一整片缓缓的山和种类繁多的植物。即便如此,踩着厚厚的松针走了一小段路,空气的质地也变得与外面的世界截然不同。眼前出现各种形状的树木，垂落的藤蔓，巨大奇异的蘑菇，毛茸茸的青苔，不知为何被烧毁的整片荒地，两个人为了不辜负冒险的心情，频频发出惊叹。

突然拨开一小片灌木以后，面前出现一面完整的湖，湖上飘着浮球，界定着游泳的区域，一个人都没有。泉小声惊呼着朝浅滩跑去，利落地爬上了一条小船。拓跟着跑了一小段，看到小船摇摇晃晃即将离岸，便也下意识地跃了上去。湖面平静，但是船身狭窄，剧烈晃动着想要摆脱闯入者。拓进退两难的时候，泉不容置疑地喊他坐下，一坐下，果然船也稳当了。

"别担心，我是龙舟队的。"泉说。

"什么？"拓没听明白。

"龙舟队，"泉解释了一遍，"我住的地方有很大的湖，从家里走上十分钟便到湖边。四季有人在湖里游泳，每年六月都有划龙舟比赛，比赛前还会有花船巡游。"泉的动作果断流畅，小船稍稍挣扎了一会儿，便毫不迟疑地往湖心驶去，在水面拖出一条清晰的痕迹。拓从背后看着她握住船桨的手，与水流对抗的力量经由胳膊，传递到肩膀，两片小巧的肩胛骨像不断收拢又打开的弹簧刀片。

"你即便是去驾驶飞机也不会有问题。"拓不好意思地松开紧紧抓住船舷的手。

"别笑我。"泉说着在湖心停下,收起船桨,从书包里掏出灌满咖啡的保温壶,面包,几只橘子和一大块融化在纸巾里黄油。于是两个人把黄油抹在面包上,剥开橘子,用杯盖小口小口喝着热乎乎的咖啡,饱饱地吃了一顿午饭。之后他们靠在干燥的船板上聊天,湖面泛着迷人的光,拓在心里不免祈祷太阳永远不要西落。和泉待在一起,四周空气的质感和气味让他感觉自己正身处世界中一个更小的世界,更小的世界中一个更小更小的世界,是世界中最小的世界,没有其他人可以抵达。

"不知道以前的朋友们都在做什么。"泉说。

"都在睡觉吧,我们的东半球还在夜晚。但为什么要说是以前的朋友。"拓问。

泉没有说话,闭上了眼睛。

"我最好的朋友在我来美国之前和我绝交了。"拓继续说。

"怎么了?"泉问。

"他有他的想法,他以为我想离开日本。"拓说。

"你是这样想吗?"泉问。拓不吭声。

"你难过吗?"泉又问。

"非常难过,但是没法不尊重他的决定。"拓回答。

"你能想象吗,以前他们要在这里待上一年,甚至两年。再回去的时候,还能回到原来的世界吗?"泉叹息。

拓想了很久,直到越来越寂静。他回头去看,泉睡着了,侧着身体枕在书包上,额头有一层细细的汗珠,刘海也是湿的。拓看了她一会儿,也轻手轻脚地在船的另外一头躺下,有从山那头吹来的风,缓缓的浪。

拓醒来时,出了一大身汗,船正在泉的操纵下稳稳靠岸。下船以后泉跑进树林里尿尿,拓在原地不敢左右张望,梗着脖子等她。久久不见动静,他刚开始着急,却发现泉不知道什么时候已经跑到了前面,站在一棵空心的大树跟前。拓跟了上去,那里竖着一块指示牌,上面黑底白字写着——"前方黑暗,请不要继续向前。"

然而依旧是明晃晃的下午,即便是浓密的树影下,也透着炙热的光。拓不由自主地继续往前走,想看个究竟,却被泉拉住,于是拓也握住她的手。当时的泉在想什么呢,拓一点也不知道,很多年以后他稍稍从世界的运作规律中得到一些启示,泉只存在于那一刻的神情却没能在记忆中存活。而泉的手指，细小，干燥，温暖。拓极其小心地握着，像是捧住一只小小的刺猬。

自从二十多年前和泉在美国分别，他们不曾有过联络。拓回到日本以后，怀着奇异的平静等来春天。他曾给泉写过长长的电子邮件。泉坚持没有留下任何具体的通信地址，却相信数据和符号会永久存在于信息的尘埃中。然而泉消失于尘埃中，她从未回复拓的任何邮件。

佩奥尼亚很小，无论从哪里出发，两个小时以后总能走到作为边界的树林或者公路。沿着门口的河往旅馆背后走，绕过一小片树林便是山坡，那里有居民区和教堂。拓离开旅馆以后沿着相反方向往佩奥尼亚中心走去。二十年来街道的细节无处不被更改或建造，却始终维持着整体的结构没变，因此给人一种这里几乎没有发生过变化的错觉。唯有公共图书馆的旁边出现了一间大型超市，安装着宽敞的自动门，整洁有序，提醒着拓此刻的时间维度。

拓从超市买了两瓶酒，出来的时候在停车场见到早晨的那辆白色雪铁龙，是蒂娜的车，一个女孩靠在那里抽烟，突然抬头朝拓招呼："满岛先生！"——女孩穿着高腰牛仔裤和海军衬衫，一头深褐色的毛绒绒的卷发，眼镜卡在鼻梁细小的骨头上。拓朝女孩走去，感到流淌过心脏的温暖洋流，携带着模糊的记忆，仿佛时间的折叠。

"我是霍普。蒂娜告诉我们说或许会在镇上遇见你。"女孩说。

"是啊。我刚刚见过她，她和我说起你们。"拓说。

"我以为会在葬礼上遇见你。"

"我收到消息的时候已经有点晚。"

"你在波士顿，我看到了消息。我读过你全部的书，所以我和朋友打赌你会出现。"

"抱歉让你输了。"

"但是你出现了啊。"霍普开心地笑起来，露出牙齿间整洁的细缝，拓也不由笑起来。

"乌卡在葬礼上穿着她那条白裙子吗？"拓问。

"是的，那条白裙子，你在采访中提过。我很羡慕你在那么早的时候认识她，在她精力还充沛着的时候，"霍普想了想，"但我不是说她后来的状态不好，在最后一个月里——"

"你去过她家吗？"拓问。

"我常去找她,我们是好朋友。但是最后这一个月,她的记忆不行了。她睡很少,也很精神,只是近在眼前的事情完全记不住。她每打开一瓶酒转头就忘记,又去开一瓶新的。我有时候倒一杯酒,是酸的,坏了很久。"

"她根本不在意这些。"

"但几十年前的事情她全都记得。她记得你和泉。"

"嗯?"

"她说你和泉当时非常相爱,之后你们躲去了世界秘密的某处。"

"这样啊。"

"我总是追问她,泉是怎么样的人。"

"她怎么说?"

"可爱,善于学习,意志力坚定,总是可以理解其他人的忧患。"

"确实如此,与她相识的人没法不被她打动。"拓简直有些哽咽。

这时有三四个年轻人推着啤酒和其他露营装备向停车场走来,他们都被夏天的风吹得黝黑发亮,仿佛正在度过漫长的暑假。霍普远远地向他们挥手打招呼,看来都是来参加项目的新朋友。拓一时间以为自己也是其中一员。

"你们要出远门吗？"拓问。

"明天我们要去露营。"他们都有些兴奋。

"确实是露营的好天气。"拓说。

"你明天有什么计划吗？"霍普问。

"明天的计划？"拓有点吃惊，在这场昨日之旅中，他完全没想过明天的事。

"你没有听说吗？"霍普惊呼，"明天有日全食。"

"哎，我完全忘了。难怪昨晚的大巴上有那么多人赶去霍布斯。"拓回答。

"那里的森林里有派对，日食之前连续一整晚的狂欢，很多人为了占据好位置，已经在那里露营好几天了。"其中一个男孩解释。

"我们这里也能看见日食吗？"拓问。

"这里已经处于外侧了。但所有最佳观测点的机票都涨得厉害，旅馆也早就全部订满了，所以我们打算明天开车去霍布斯。"男孩说。

"你还是没见过日食吗？"霍普问。

"没有。你怎么会知道？"拓说。

"你在小说里写过。"霍普说，"那明天和我们一起去吧。早点起床，别喝太多水。你得做好心理准备，明天附近的高速公路都会堵车。"

这时他们几个的手机上都弹出手机实时追踪日食的新闻推送，有一架小型飞机在俄勒冈的森林里坠毁，起了很大的山火。他们要去蒂娜家里送食物，问拓要不要捎上他一段。拓婉拒了，尽管他很想再和他们聊一会儿，但车太小了，他也不想给他们添麻烦。于是几个年轻人挨个钻进车里，横竖挤着，手肘撑在窗户外面。霍普突然又探出车窗，大力朝拓挥着胳膊说，"记得去图书馆看看。"拓也高兴地朝她挥着胳膊。接着车子开出停车场，很快消失得无影无踪。

到了图书馆以后拓立刻明白霍普在说什么。本地居民在接待处旁边为乌卡做了一面小型纪念墙，除了放满卡片和花朵之外，乌卡各个时期的照片也被整理出来。乌卡的家人，她和彼得在东欧旅行的纪念，很多合影。曾经一批批来到佩奥尼亚的年轻人。每一年和居民们在大棚的聚会。照片里大家都拿着酒，记忆如美梦，令人想要落泪。不知是谁在那里也摆上了拓的书，拓正不好意思地想要移开视线。却看见了旁边的一张照片。是他和泉在纽约帝国大厦观景台上的合影。这是他俩唯一的一张合影。闪光灯粗暴地打在他们脸上，衬得背景一片黑暗。泉眯起眼睛，一副拒绝的表情，五官在楼顶的风和闪光灯的强光下虽然失去了真实的形状，却比拓所有的记忆都更为具体。

那年蒂娜要去纽约的大学旁听一场天文学会议，在学校里找到了非常便宜的住宿，拓和泉以及马里亚诺都想去纽约看看，便与她同行。他们从佩奥尼亚开车来到芝加哥，之后连夜换巴士去往纽约，在纽约度过了非常短暂的三天。巴士驶进曼哈顿岛时，蒂娜把他们几个推醒。拓睁开眼睛看到对岸逼近的混凝土丛林，而身边的泉睁大眼睛，耳朵尖，睫毛尖，汗毛尖都激动地轻轻竖立着，她高兴起来有种小动物般的喜悦，令人不由想为她做些什么。那天他们搭船去自由岛，自由女神像越来越近，反而变得那么不真实，观光客们涌向甲板的一侧欢呼，恋人们紧挨在一起。马里亚诺吻了蒂娜，那是一个极其漫长的吻。拓把视线移开，寻找泉，发现泉仍然站在甲板的另外一侧，她的目光所及之处，曼哈顿金色的楼群正被早晨的光线分割出巨大的清晰的阴影。

泉进城以后做的第一件事情，是在蒂娜的帮助下找到一间二手商店，换掉了身上的运动服。蒂娜为泉找了一些裙子和毛衣，但是泉从试衣间出来的时候穿着自己挑的衣服，紧绷绷的利维斯牛仔裤和短短的飞行员夹克,既像男孩又像女孩。他们都大吃一惊,她太好看了!

"你现在性感得就像是新浪潮电影里的女主角。"马里亚诺不由赞叹。

"那是什么?"泉问。

"就像你这样,但你更特别。"马里亚诺回答。

拓记得那是十月,也有可能更晚一些,纽约已经转冷,他们穿的衣物和球鞋过分单薄,但他们都不在乎,也不愿意浪费时间在温暖的室内过多停留,每天行走十几个小时,缺乏计划,口袋空空,彼此鼓励。他们从未来过纽约,却都极其自然地使用着从小说和电影里学到的经验。对他们来说,纽约几乎便是全世界的总和。当虚构与现实重叠的时候,街道上所见到的一切都像是致幻剂一样用以抵消着身体的寒冷与饥饿。美术馆关门前,他们在回廊的雕塑间梦游一样来回走,无论如何也不愿停歇,几乎感到绝望。撑到闭馆的时候出来,才迅速钻进最近的速食店里,暖和舒适,泉还没有碰到食物就抱着书包靠在拓的身上睡着了。

第二天蒂娜去参加会议,马里亚诺去找剧院碰碰运气,拓和泉有了单独相处的一天。他们在中央公园里看了动物,去了博物馆和图书馆,之后幸运地在二手书店找到《月之暗面》的乐队签名CD。

"你们翻到了这个。我都快忘记我还有这个,这是二十年前的东西了。"结账的时候书店老板说。

"你见过他们本人吗?"拓问。

"那年夏天乐队在北美巡演,我是他们的司机。"老板又漫不经心地回答。

"什么!"拓惊呼。

"这没什么,每个人都会遇见一些好事,你们也一样。很多年前我在格林威治喝到凌晨,走不动路,借宿朋友家里,第二天醒来时发现鲍勃·迪伦就睡在我旁边的地板上。我应该还留着他喝过的酒瓶,改天我得找找,我这里啊,太多酒瓶了。"老板说。

"这是什么时候的事情?"泉问。

"我想想,上辈子了吧,"老板问,"你们从哪里来?"

"日本。"拓说。

"中国。"泉说。

"这样啊。我们家族是始终在流亡中的俄罗斯人。俄国革命之后逃到中国,先住在大连海边,然后来到上海。我祖父在上海银行工作,会说日语和中文。等中国革命开始之后,我们家族又坐船离开上海,流亡到美国。"老板说着，端出热乎乎的茶和小饼干给他们。他们坐在旧书和废物堆里吃，稍稍一转身都扬起一股灰尘，傍晚的阳光倾斜着慢慢消失。最后告辞的时候老板说，"你们是我见过全纽约最可爱的情侣，希望你们会有好运。"拓非常害羞，但他和泉都没有推辞和解释，高高兴兴地接受了他的称赞。

然而老板的话照亮了拓的心，等他们再次回到街道，他感觉自己正在恋爱，这是几乎只有在纽约才会产生的幻觉。他想象与泉在一起的未来，他们可以申请这里的学校，或者找到一份工作。他想要住在东村，参加读书会，结交朋友，经历失败，同时也等待好事情发生。

最后一天蒂娜买了两张帝国大厦观景台的入场券，白天用完以后留存票根，晚上还能再凭借票根观摩夜景。他们说好轮流去，蒂娜和马里亚诺白天，拓和泉夜晚，晚上七点在帝国大厦门口交接。傍晚的天空燃烧着粉红色的霞光，不可思议，像是一场免费馈赠的梦。拓和泉从威廉斯堡往布鲁克林大桥的方向走，穿越东河时，天终于暗下来，这几天的喜悦和兴奋早已被越来越强烈的哀伤替代。从地图上看，不过是两个小时的步行路程，实际上接近八点时他俩还在下城区，帝国大厦不时被遮蔽于视线之外，仿佛那是再如何努力也到达不了的地方。他们刚刚还在取款机旁边目睹了一场未遂的抢劫，两个小个子男人逃窜的时候从他们身边撞过去消失在黑暗中。泉坚持说那两个人手里都握着刀。

他们超过约定时间两个小时才来到帝国大厦，没有抱任何希望，但蒂娜和马里亚诺推开旋转门像奇迹一样出现在他们跟前。他们跑了过去，仿佛诀别之后的重逢，想说很多道歉的话，结果却开心地拥抱在一起，抚摸着彼此的脸，说着没有关系，赞美彼此是世间最可爱和最值得信任的朋友，互相亲吻，那些吻落在所有人的额头，脸颊，眼睛，耳朵，鼻子和嘴唇上。之后他们告别，拓和泉站在密闭的电梯里，以无法判断的速度通往观景台，小振幅晃动着，电梯箱仿佛是穿过大气的舱体，拓盯着楼层变换的数字，握紧扶手，心中祈祷，这个夜晚不会结束，他们将无法再返回地面。

他们没能在观景台上坚持多久，风大到令人窒息。他们紧紧挨在一起，抓住铁丝网，怀着人类世界最后幸存者的幻想，分辨地面的风景。

"我没有告诉过你，我叔叔在纽约。"泉突然说。

"怎么不早说，明天我们就要走了。你不去看看他吗?"拓有点吃惊。

"他早就失去了音讯。"泉平淡地回答。

"为什么?"拓问。

"不知道,这是上代人的事情。他离开以后,长辈再也没有说起过他。但是我想,很多人到了纽约,都抱着要切断和旧世界联络的决心。"泉说,"我们那里放过一个电视剧,讲一个北京的大提琴手和他的妻子一起来到纽约,非常残酷。有类似境遇的家庭,都看得泪流满面。"

"你们很亲近吗?你和你的叔叔。"拓问。

"很亲近,他在研究所工作,教我英语。他走的前一天来我家里道别,但是白天,我的父母都在工作,所以他就站在院子里和我说了一会儿话,和平常一样。他走的时候张开手臂拥抱了我,用英语说 take care。我一点也没意识到他是在道别,我后来想,他是特意选择了白天过来,避开我的父母,好像只是为了来和我说这句话。"泉说。

"很伤感。"拓叹息。

"怎么说呢——"泉并没有往下说。

"但是在纽约总会有奇遇。我也希望以后能生活在这里。"拓用振奋的语气说。

"那个书店老板,我没法相信他和鲍勃·迪伦睡过一个房间。"泉笑起来。

"他多多少少在吹牛。"拓也笑。

"但他说那时候所有年轻人都觉得自己是美丽新人类。"

"我不记得他说过。"

"也可能是我听错了。"

"你也是这样想的吗?"

"我在想那个电视剧里的纽约好像永远都是冬天。大提琴手穿着特别好看的皮夹克,也特别落魄,没完没了地竖中指。"泉再次停住,没有再往下说。

最后拓执意付了五美元留下一张合影。闪光灯亮起来的时候,巨大的白色使得周围一切都陷入永恒的黑暗。拓回想起来,在纽约的三天始终笼罩着世界末日之前的气氛,他们一边挥霍一边珍惜,几乎都怀着不会再有下一次的绝望。

"她一直是我们中间最天真的。"身后有人说。拓的思绪被打断以后连忙说是的,是这样的,然后才意识到那个人指的不是泉,而是乌卡。拓转身和那个人打招呼,对方上了年纪,面孔黝黑狭窄,前额秃了,脑后的头发整齐地扎成小揪，却蓄着一脸蓬松随意的胡子。穿着落魄，举止潇洒——"马里亚诺！"不等拓叫出口，马里亚诺便张开手臂，大力拍打着拓的肩膀。

在图书馆与马里亚诺重逢一点也不令人感觉意外，拓和马里亚诺的名字出现在图书馆里每一本托马斯·品钦的借书卡上。那会儿马里亚诺随身携带一只古怪的罐子，葫芦形状，外面包着皮革，罐口箍着黄铜，里面塞满茶叶末以后泡上热水，用一根黄铜管子吸着喝。他对拓最慷慨的表示便是把热乎乎的罐子塞到拓手上，邀请拓和他一起喝茶，两人你来我往，竭尽可能地描述抽象的事物，有时候仅仅是着迷于词语的发音或者复杂从句的结构之美。拓很多年后在小说里还原过一部分的对话，不是很难的事情，他们当时对于英语的经验都来自现代小说，原本就是在用书面语交谈，一本正经地夹杂着科幻小说里的嬉皮口语。现实世界里的人不这样讲话，他们都知道，但是来自于小说的语言让他们变得更温和，清晰，饱含情感。于是他们乐此不疲，一点也不想去模拟现实。

几年前拓在爱丁堡戏剧节偶然看过一出马里亚诺的戏剧。剧本天真粗糙，海报上堆积着各种抽象动听的词语，导演意图暴露无遗。舞台上来自阿根廷的演员认真地说着令人费解的英语，讲出来的笑话也完全无法传达幽默或者讽刺。一幕戏任性地长达一个半小时，等到幕间休息回来，观众所剩无几，如果不是马里亚诺的缘故，拓也很难坚持。但是到了后半场，那种令人讨厌的癫狂气息不知不觉转变成了真正的迷人。演员说的台词在拓的心里引起颂歌般的回响，海报上抽象的词语也成为类似幻觉的物质。马里亚诺是怎么做到的。舞台上的布景都被演员踩烂了，却是璀璨的视觉效果。最后，一条塑胶的鲸鱼慢慢充气和膨胀，长达二十多米，占据了整个观众席的上空。拓置身鱼腹之下，为离席的人叹息，也明白那些从未经历过类似震撼的人绝无可能理解马里亚诺。

拓和马里亚诺重重拥抱，毫不掩饰地打量对方，又开心又哀叹，然后马里亚诺神神秘秘地说，"有一个问题我憋了十几年，始终想着再见到你的时候要问问你。你在美国那么多年没见过这个老家伙吗？"

"品钦？哈哈。没人见过他啊。而且我只是个小作家。"拓大笑。

"但我转机的时候在机场书店看到你的书和村上春树放在一起卖。"马里亚诺说。

"咳。"拓不好意思地岔开话题，"你还在阿根廷吗?"

"是啊。我的剧团现在有五十个人了。"马里亚诺愉快地说。

"还住在剧院楼上?"拓问。

"是的。那间剧院临近倒闭的时候我接手过来,经营到现在。连同楼上整个楼层都租了下来,好让再穷的演员也有地方住。"

"后来你和蒂娜——"拓迟疑地提起。

"我们坚持了一段时间,但是我们后来总是在争吵。在佩奥尼亚发生的事情好像就只能存活于佩奥尼亚,一旦离开,就转变成痛苦,甚至是愤怒。"

"我稍稍明白一点。"

"如果你没其他要紧的事情,我们先去喝一杯吧。"马里亚诺提议,主动终止几乎要导向伤感的气氛。其实不用他说,每次他们一起在镇子上来回走,最后总是会来到白兔酒吧跟前。

没想到白兔酒吧几乎保持着原貌,也就是说里面的每样东西看起来都快要散架了。吧台仍然卖淡得像水一样的啤酒,从龙头放出来一大壶,撇去泡沫,以前卖一美元,现在卖五美元。"别再喝尿了,朋友,我们已经不是二十岁了。"马里亚诺看出拓的心思,于是他们不约而同地要了威士忌。他们从未在白天来过这里，甚至不知道白天这里也是营业的。白天的白兔酒吧敞开着门，光线却照不进来，竟然比夜晚更加昏暗。

"你觉得那台点唱机是我们过去那台吗？"拓问。

"还用说吗，这里连台球桌都没有换过。"马里亚诺回答。

他们挪到点唱机旁边，马里亚诺挑选半天，放了一首齐柏林飞艇乐队的歌。接着拓注视着唱片咔嗒弹出来以后落到唱盘上，金属部件有条不紊地运行令人着迷。奇妙的是，音乐一旦响起，白天的昏沉就被彻底击溃，记忆中明亮的夜晚立刻到来。马里亚诺和蒂娜常常占据点唱机旁边的一小块空地，那里是他们的舞场。马里亚诺的每块肌肉和每个关节都控制自如，他会跳摇摆舞，会跳波尔卡，会跳迪斯科和机械舞，他跳起舞来身体也成为思维的波段。蒂娜则在喝多了以后跳俄罗斯舞蹈，那是她幼年跟随乌卡和彼得在东欧游荡的记忆，她有力地跳跃，腾空旋转，鞋跟敲击着地板，是世界上最为自由的原子。

"我在葬礼上见到了安迪。"马里亚诺说。

"哪个安迪？"

"衰脸安迪啊！"马里亚诺叹息。拓想起吧台后面的安迪。安迪负责夜班，身材极其高大，却长着一张绵羊般温顺的脸，深色的长发没精打采地盖住耳朵。只要蒂娜在，他便额外赠送两壶啤酒，谁都知道他被蒂娜迷得神魂颠倒。然而马里亚诺和蒂娜正在过度癫狂的热恋中。他们形影不离，快意恩仇。动辄剧烈争执。争执的内容庞大抽象到没边，共产主义，女性运动，身份认同，科技与人性。蒂娜追求逻辑的大脑被马里亚诺狂热的神经折磨到崩溃，而马里亚诺也被蒂娜铜墙铁壁的思维方式顶撞到发疯。每天清晨的走廊里都摆着从他们的房间扔出来的空酒瓶，气氛既甜蜜又肃杀。有一天凌晨拓被窗外的喧闹吵醒。马里亚诺一路奔跑，跳进湖里，拓看着他的脑袋在湖面起起伏伏，蒂娜坐在岸边的长凳上抽烟。接着马里亚诺从水里出来，用西班牙语大声咒骂，旅馆里的人也打开窗户骂回去。

"我一直挺喜欢安迪。他是个大好人，被你们折磨得够呛。"拓说。

"他确实不赖。我一直后悔和他干了一架。我在葬礼上向他道歉了。"马里亚诺说。

"我不记得你们干过架。"拓说。

"玩真心话游戏的那一天。我和安迪都说了不少真心话。"马里亚诺说。

"啊,那天——"拓想起来。

"历历在目。所有人都喝多了,你突然走了。天才女孩让你心碎!"马里亚诺大笑。

"我没有,没有心碎。"再次听到天才女孩这个称呼拓立刻语无伦次。

"得了吧。那时候我们每个人都在心碎。"马里亚诺一口喝完了杯子里的酒,重重放在桌上。

确实他们所有人都在心碎,然后跳舞跳到筋疲力尽,再重新围坐在卡座里喝啤酒,玩真心话游戏。每个人轮流提问,答案只能有两种,是或者不是。所有做出肯定回答的人都要拿起啤酒喝一口。他们又热又渴,很快就全喝多了,问着荒唐的问题,制造出令人倍感珍惜的快乐。到了夜晚的后半程,有人提问,"有没有在这里喜欢上谁?"所有人都喝了一大口。又有人继续问,"在佩奥尼亚亲吻过另外一个人吗?"大家都盯着马里亚诺和蒂娜起哄,没有人注意到泉也拿起了手中的啤酒,喝了一大口。只有拓一个人看到了。而泉放下啤酒,也毫不躲闪地回看着他,仿佛再次和他确认这个吻的存在。

泉到底吻了谁，拓毫无头绪。真心话的游戏还没有结束，他便突然告辞，独自回到旅馆。整栋旅馆寂静无声，湖面安静，闪闪发光，世界像是发生扭转，那是地心级别的孤独，而他正身处地心不可知的深处。

其实从纽约回来以后，他们几个都一蹶不振，仿佛强光照耀之后漫长的失明，而且随着天气转冷，时间的流速如断崖般加剧，离别的阴影笼罩在他们心头。唯一的好事是图书馆的电脑可以连接互联网了。蒂娜有图书馆机房的钥匙，于是他们在管理员下班以后跟随蒂娜来到那里，在调制解调器的握手信号之后连接上网。屏幕上逐行显影的一切都令人着迷，最终呈现的绝对不是任何真实的物理存在，而是被称为数据的幻觉，足以让他们连连叹息。

之后他们在搜索引擎轮流输入彼此的名字，自然一无所获，直到输入泉的名字以后，突然链接到一篇两年前的报道。

"这是你吗？天才女孩——"马里亚诺问泉，其他人都围拢到电脑跟前。而泉没有回答，也没有移动身体，她露出极为困惑的神情，似乎在拼命确认和辨别"天才女孩"这个词语的含义。

那篇报道确切地说是关于泉的父亲的，拓在后来的几天又回到图书馆反复看过几遍。泉的父亲是一位文化官员，曾经出版一本轰动中国的书叫《天才女孩》，以泉为样本谈论青少年基础教育。泉被认为从小具有特殊的语言天赋和抽象思维的能力。还不太认字的时候，就用自己创造的符号，假想大自然的构成和世界的疆域。当时中国正在教育实验的激浪中，她的父亲认为普通学校教育很难容纳她，于是自己研究和建立了一套体系，让她接受体制外的教育。之后泉比同龄人提前两年念完了中学，成为顶尖大学的少年大学生。书出版以后，泉的父亲希望将这套体系推广给更多家庭，他带着泉上了不少电视节目，将她呈现在公共视野里，引起一场声势浩大的教育改革讨论。伴随好奇和褒奖而来的，也有质疑和诋毁。

然而在为期一年的大学入学军训结束之后，泉回到学校，不久便办理了退学手续。自此她和她的父亲再也没有接受过任何采访。试验悄无声息地宣告失败，余波却扩散到西方。这篇报道来自法国的一间报社，之后又被翻译成英语发布在英国报刊。报道配有一张资料照片，泉站在空无一人的操场上，手里捏着一块冰。图示解释说这是泉的父亲在冬日锻炼她的意志力。冰块散发着永恒的暗淡的光，有种近乎惊心动魄的寂静，让围在电脑旁边的他们都小心翼翼地呼吸，唯恐不小心带入任何杂质。

"原来你那么有名。"马里亚诺感慨，他们这才发现泉已经离开了。

拓出去找她，很快便在河边遇见她。他们沿着河走了一会儿。已经临近万圣节，各家各户的门口都摆着南瓜，装饰着骷髅。拓感到哀伤，他想，他们彼此交换过那么多想法，是那么好的朋友，那些普遍被认为是最重要的事情，泉却一件都不曾和他讲过。他想要质问她，但终究没有。仿佛因为对她多了一些了解，便不由自主地只想和她谈论更为温柔的事物。

"你没事吧。"拓轻声问她。

"可能是因为很久没有听到天才女孩这个称呼了，想起很多事。"泉继续说。

"那不是一篇好报道。"拓说。

"我知道。我从来没看过那些报道。但无论如何还是我自己搞砸了，又拖累了我爸爸。我退学以后不久，他被革职了。"泉说。

"因为这件事情吗？"拓问。

"说不清楚。还记得我和你说军训的事情吗？"

"记得。那肯定是很残酷的一年，我当时没能理解。"

"那一年电视台直播卫星发射，我和很多人一起在礼堂观看。但点火以后火箭依然待在架子上，始终没有动静。之后电视信号中断了。我和同学们从礼堂解散出来，和平常一样往食堂的方向走，我想着外面的世界，想到自己终有一天要回到那里，继续学习和生活，便感到我和那枚没有被发射出去的火箭之间形成了一种联系。"泉平静地说着，拓不由靠近她，握住了她的手。

"在别人看来我爸爸是个特别出格的人，但他从没逼迫过我做任何事情。我只是喜欢学习，很自然地喜欢。我学了很多无用的知识，别人想都想不到。"泉继续说。

"能告诉我是什么吗？"拓问。

"我会背一万以内的质数。"

"那得背多久？"

"我只是背给自己听，大多数人认为数字枯燥乏味。"

"那是因为他们从未真正想象过庞大的数字。或者庞大的任何东西。"

"也可能是因为无法想象。"

"你可以背给我听。"拓提出。

"你真是个奇怪的人。从没有人要听我说这些。"泉回答。

这是多么奇异的经历。他们互相挽着彼此的胳膊,走在树林的边缘,风轻轻吹动树上挂着的骷髅,秋天最后的虫在植物间鸣叫。起初拓还想着一些其他事情,但是泉持续背诵着,轻盈平缓,数字与万物都无穷无尽。如果说永恒也是可以被想象的话,他们当时一定就是漫步在永恒中。

拓和马里亚诺离开白兔酒吧时已经接近傍晚,他们各自喝了三杯威士忌,身体将适度的轻盈感传递给大脑。外面的温度褪去,吹着温暖干燥的风。绕过半面山坡,乌卡家的露台便远远出现。整幢房子似乎小了一圈,也可能是因为周围的树木仍在持续生长。乌卡在这里生活了四十年,房子也成为她生命的外延,如今褪去一层颜色,某种活生生的精神却没来得及离开。拓加快了步伐,明明被清澈平静的气息抚慰,心脏却不受控制地猛跳,眼睛竟湿润了。

拐过车道以后,视野更为开阔,能看见房子背后暮色里的树林，方才在停车场遇见的那群年轻人在跟前的草坪上玩飞盘。他们像是时时刻刻都待在一起。此刻几个人围成不规则的形状扔飞盘，来来回回跑动，每个人都玩得相当投入。其中一个黑人男孩穿着浅色运动裤，每一块肌肉都恰到好处地包裹住骨骼，或收缩或舒展，优雅有力，像一匹跳跃的小马，令人无法移开视线。云的阴影投在他们身上，干燥的空气里弥漫着荷尔蒙，草坪周围和站在露台上的人都不知不觉停止了思考和交谈，拓和马里亚诺也驻足专心观看起来，仿佛那里是一幕戏，每个人的位置和动作都和谐美好，让旁观者忘记身处的时间。

这时身后响起喇叭声，拓回头看见白色雪铁龙在车库跟前的空地停了下来，蒂娜下车打开后备箱，招呼拓和马里亚诺过去帮忙。三个人提着酒和披萨往屋子里走，门厅摆满了邻居送的花，点心和炖菜。屋里也全是人，大部分是从各个地方赶来悼念的，在餐桌旁围成两大圈，使劲喝酒，使劲说笑，看起来像是已经持续了两天。期间不断有人从厨房端出大盆的色拉，切好的奶酪，熏肉，苏打饼干。酒开了一瓶又一瓶。露台上放着碳，腌制的鸡肉和玉米土豆。整栋房子嗡嗡作响，却极具有尊严地维持着整洁的秩序，仿佛房子有自行的运转规则，吞噬垃圾和噪音，保护着不变的温柔。

"霍普说他们白天遇见了你。"蒂娜问拓。

"他们邀请我明天一起去看日食。"拓说。

"你答应了吗？"蒂娜问。

"是啊，我从没见过日食。"拓回答。

"那你可以和我作伴，我正发愁明天要和这些年轻人待上一天。"蒂娜说。

"你不去吗？"拓问马里亚诺。

"不去。我对日食没兴趣，我见过很多次日食。"马里亚诺回答。

"我们说的是现实中的日食，不是你那些没完没了的幻觉。"蒂娜打断他。

"我的心灵啊，怕是已经适应不了现实的乏味。"马里亚诺随手给自己倒了一杯酒。

"我们会带上酒，很多酒，足够我们都烂醉。"蒂娜回答。

"我不想和那些大学生待在一辆车里，他们让我回想起一生中最倒霉的时刻。"马里亚诺说。

"他们不是大学生，你们以前也是他们中的一员。"蒂娜纠正他。

"哦，那比大学生更糟糕。我没法再回到那个时候。"马里亚诺继续说。

"你知道你现在讲话像个性格恶劣的老头吗？"蒂娜讥讽他。

"怎么了，你们都还没有年轻够吗？"马里亚诺反驳。他们全都笑起来，拿着酒来到露台坐下。草坪上的年轻人已经停止了游戏。天色在他们周围暗下来，变成更为持久和暗淡的金黄。这里愈演愈烈的怀旧气氛无法再吸引他们，很快他们就要离开这里去白兔酒吧喝酒。拓多少也想加入他们，挤在酒吧里，吃香喷喷的汉堡，喝水一样的啤酒，不断上厕所，虚掷光阴。

"他们到了喝酒的年龄吗？"马里亚诺问。

"他们总能搞到酒。你们以前不也一样？"蒂娜说。

"我们可不是这样。你说呢？"马里亚诺问拓。拓渐渐喝多，开始发笑。

"他们太傲慢了，把我们这些过时的家伙隔绝在外。"马里亚诺继续说。

"你想和他们一起去酒吧吗，到底是谁还没有年轻够。"蒂娜也笑起来。

"不。不。我只想和你们在一起。"马里亚诺嘟嘟囔囔。

"他们中间有好几个是和家人逃到欧洲的难民。这是妈妈去年向基金会提议的。"蒂娜向他们解释。

"时代的洋流来来回回。"拓和马里亚诺都喝了一大口酒。

"还记得我们去纽约吗？"蒂娜问。

"是啊。"拓说。

"永远记得。"马里亚诺说。

"你书里有一段，棒球队员们坐夜车去纽约。月亮特别大，垂在水面，能清晰辨别上面的阴影。我看哭了。"蒂娜对拓说。

"那就是我们一起去纽约的那晚，在长途巴士上。"拓紧紧地抱了抱蒂娜。

"我也喜欢那段。以前一点也不知道你喜欢棒球。"马里亚诺说。

"说不上是专业球迷。"拓说。

"你还记得去年那场比赛吧。我正好在转机去纽约的途中，飞机上机长一直在广播比分进展。下降前夕机舱里一片欢呼，能感受到机长想要做几个俯冲的快乐心情。那场比赛是芝加哥俱乐部队在相隔一百零八年之后终于获得了国内联赛的冠军。后来出机舱的时候，机长满头大汗地钻出驾驶室与大家击掌致意。"马里亚诺说。

"我那天也在纽约。"拓说。

"我知道。我在一场派对上稍稍打听了你的消息。你的朋友立刻要带我去找你,结果我完全喝多了,就这样不了了之。"马里亚诺说着,起身倒了一大杯酒,灌下一口,踉跄着跌回椅子里,垂下脑袋靠在蒂娜身上睡了过去。

"他的酒量还是一塌糊涂。他是我们中间唯一没有变的。"蒂娜说。

"那我们呢?"拓问。

"我们多少都对自己的人生有一些反省和悔意。"蒂娜说着,用手轻轻抚过马里亚诺的头发,耳朵,肩膀,指尖。拓想起二十年前离开佩奥尼亚的前夜,他们也像现在这样待在旅馆的会客室里彻夜聊天,直到声音越来越轻,间隔越来越久。接近破晓时,马里亚诺和蒂娜互相抱着在地毯上睡了,马里亚诺修长的四肢舒展地搂住蒂娜,像一层捕梦网。两个人都睡得很熟,夜晚尽头的光线照在他们身上,他们的身体优美,呼吸轻盈,身处共同的梦境,是现实中的一切无法撼动的。

之后拓的回程航班最早,泉帮他一起拖着行李出门。订的车提前到了,车上还有其他同样去机场的人在等,司机利落地下车帮忙搬运行李,他的两个箱子都很重,里面装的都是书。泉下楼的时候没有来得及穿上外套,冷得发抖。他俩都没有讲话,始终垂着眼睛,或者望向其他地方,最终辞别时,依然使劲回避对方的视线,仿佛这次告别是他们生命中犯下的最大的错误。

"别再等了。泉不会来了。"蒂娜说。

"我知道。她不会来了。"拓重复了一遍她的话,才意识到其实他们都在等待泉。

"你后来有泉的消息吗?"

"我们再也没有联络过。"

"离开佩奥尼亚以后再也没有联络过?"蒂娜轻声惊呼。

"是的。"

"天啊。那你不知道她在美国?"蒂娜捂住心口。

"现在吗?"

"她离开佩奥尼亚以后去了纽约投奔她的叔叔。我以为你知道。"

"我什么都不知道。"拓简直有些无助。

"但你俩总在一起,而且心事重重。我和妈妈都以为你们有过计划。"

"你们一直都在联络吗?"拓问。

"没有。当时谁都不知道,我和妈妈都以为她去了机场,回到了中国。直到她二〇〇二年回到佩奥尼亚,才告诉我妈妈当年的情况。她在这里住了一段时间。我很想回来见她,但我那一年在意大利山里的天文所做博士论文,马里亚诺来找我,我们在分手,各种事情都在崩溃。"蒂娜解释。

"你们后来见过面吗?"拓问。

"没有。我三个月以后回来,她已经走了。但我们在那段时间里经常通电话。她的情况很不好,一边在处理离婚诉讼,一边在解决居留身份。"

"泉在美国结了婚——"

"你记得她爸爸吗?"

"记得。"

"那时候她家里发生了一些变故,所以她爸爸想方设法地把她送到美国参加项目,并且说服她留下。结婚应该也是后来出于无奈的选择。但她的那位丈夫反悔,把她送上了法庭。妈妈后来帮她找了律师,两个月之后她参军去了阿富汗,这是她在短时间内成为公民的唯一途径。"蒂娜的话简洁清晰，拓却只感到周围的一切都在嗡嗡作响。

"这些事情乌卡一开始就知道吗？"拓问。

"她从没告诉过我，但我后来想，她应该是很早以前就知道了，或者至少感觉到了一些。她和泉之间始终有种特殊的连接，她关心泉胜过你们其他人。我以前不太明白，那次泉回来，我才稍稍体会到一些。她俩都温柔、善良、坚韧，当她们身处谷底的时候，这些品质反而更为明亮动人。"

"你们最后一次联络是什么时候？"

"她退伍之后给妈妈打过电话。那一年项目资金遇到问题，不得不暂停。妈妈为此奔波了一段时间，极为苦闷。我回到家里陪妈妈过完圣诞。我们在新年接到泉的电话，她当时回到了纽约的叔叔家里，得到了政府资助的奖学金，正在等待开学。她说等彻底安顿下来以后再告诉我们通讯方式，但那是我们最后一次听到她的消息。"

屋子里的人正在陆续散去，而夜晚的温度并没有降下来，蒂娜的话让拓的眼眶和鼻腔都热烘烘的，周围的空气也仿佛随意改变着流动的方向。他们沉默了很长时间，拓想起来，他已经很久没有听见那么持续和响亮的蝉鸣。

"我刚刚回到日本的那年冬天,常常梦见泉。她在梦里没有任何具有形态的细节,像大气一样,我们就在梦的虚空中无止尽地交谈和散步,我总是在梦的尾声大哭,醒来却根本没有眼泪。"拓说。

"你快把我说哭了。"蒂娜说,马里亚诺在梦中呜咽。

"我给泉写过很多邮件。但回想起来,她音讯全无,我反而松了口气。"

"说件让你高兴的事吧,泉读过你的书。她带着你的书去了阿富汗。"

"她在那里待了多久?"

"三年。"

"我想,我把她放置在我虚构的世界中,太久了。所以我要接受,现实中我们应该再也没有相见的可能。"拓垂下眼睛。

拓出版第一本书以后,曾被无数次问到为什么要放弃母语,用英语写作。他从未给出过确切的解释。当他开始写作的时候,他心中的读者是泉,蒂娜,马里亚诺和乌卡,他是为了他们而写的。离开佩奥尼亚的第一年是最难熬的,他时断时续地写,等完成这个小说，已经来到了新的世纪。泉音讯全无，对泉曾经怀有的情感本身却成为语言，在拓虚构的世界里投射着风景和人格。这期间拓获得了美国一所大学翻译工作坊的录取通知，之后他离开日本，回到美国。直到学生签证到期前的最后三个月，他完成了这个小说，和同学去荒原徒步，隔天才在营地的电视新闻里看见飞机撞击双子楼的画面。他吃惊地看着巨大的烟雾仿佛来自虚空，泪流不止。他不知为什么想起泉，感觉她正身处那片烟雾中。

不久这个小说得到新人奖，自此好运相伴。在简朴的颁奖仪式上，拓想起与泉的种种交谈，记忆仿佛漂浮于海面的船只，携带着一些难解的启示缓慢驶来，向拓确保远方必定有其他的陆地存在。

这时马里亚诺猛然从梦中惊醒，起身大步朝栏杆走去，仿佛在层次渐深的黑暗中看到了明亮的景色。拓以为他就要翻出栏杆去，要去拉住他，他却停下，呜呜呜哭了。拓和蒂娜都没有说话，等着他哭完。那时候客人都散尽了，只有树林里的蝉鸣越来越响亮。之后马里亚诺用西班牙语朗诵了一首诗。他的声音明亮，节奏湍急，一个词语吞噬着上一个词语。拓完全听不懂,却几乎被卷入梦的洪流。

"蒂娜,我刚刚梦见你。"马里亚诺说。

"希望是一个不错的梦。"蒂娜说。

"是一个非凡的梦。然而爱不常在。"马里亚诺红着眼睛说。

"我们要承受这些。"蒂娜说。

"我们为泉干杯。"马里亚诺说。

"我们为泉干杯。"蒂娜说。

"我们为泉干杯。"拓说。

远远的,拓看见那群年轻人回来了,他们一会儿聚拢一会儿分散,每个人都带着浅色的光晕,在行走中划出暗淡的弧线。拓想起白天俄勒冈森林里的山火,想象中无边的白色烟雾在视平线尽头缓慢和持续地蔓延着,他想问问霍普,火有没有被扑灭,但很快发现,那原来只是一群从树林出来漫步的鹿。它们来到草坪,驻足不前,毛绒绒的额头朝着一个方向。而同时一场雾也正在到来,夜晚的颗粒变得又粗又温柔。

拓想起十年前他曾经去北京参加一个国际作家节。所有活动与会议场所都在郊外的巨型酒店里,那里同时也提供豪华的住宿和一日三餐,酒店竭尽全力地营造一种世外桃源的氛围,有一片不错的林子,甚至挖了人工河道，养了几只孔雀，而一旦他们走出酒店大门，四面都是荒野。有一天组织方安排了大巴把所有人都拉去市区游览，那天空气很糟，闻起来像到处都在燃烧灰烬，然而在拓的感知中被唤起的，却是近乎幻觉的体验。灰白色的天空下庞大平坦的建筑群落，宽阔的街道，笔直高大的白桦树林，阳光透过楼房投射下的方形阴影，构成纪念碑谷般的风景。车上一位诗人饱含感情地朗诵了几首诗歌，拓想起泉来自于这里，不知不觉红了眼眶。

会议的最后一天午后拓独自走出酒店大门，进入荒野，穿过一小片人工林以后眼前出现了河道，中间干涸了，露出河底的礁石，有拾荒人正行走在河中间。早晨开始空气中的杂质被不知道方向的风吹散，天空突然呈现纯洁无比的蓝，像是把昨天末日般的幻境彻底抛弃。他沿着河道走了两个小时，来到水坝旁边，两个男人在钓鱼，其中一个递给他一根烟，他从来不抽烟，却没有拒绝。

拓醒来以后头晕反胃，感觉酒精依然滞留在血液里，后半夜的记忆都消失了。他花了一些时间让意识重新运转起来，分辨出这里是彼得的书房。他费力爬起来，腰部和肩膀疼痛，身上气味难闻，心里悔恨不已。但房间里没有人，整幢屋子也静悄悄的，干净整洁，窗户敞开着，流动着夏日芬芳的空气，几乎没有留下昨晚的痕迹。霍普和她的朋友们也已经不见踪影。

拓在露台上找到蒂娜和马里亚诺，他们还像昨晚那样，仿佛坐了一晚。拓拧开桌上的水，喝了一大半。蒂娜说霍普他们昨晚没睡，天亮前就出发进入了日食带，太早了，她就没来叫醒他。于是只剩下三位老朋友，吹着热风，奄奄一息，最终决定去墓园看望乌卡。

他们说走就走，不趁着一股劲头的话，可能今天就哪里也别想去了，他们会在露台上耗上一整天，很快又开始喝酒。蒂娜开车，车里很脏，而且空调坏了，拓的旁边有一盒不知道放了多久的披萨。但他们每个人的情况都比这盒披萨更加糟糕，他们中年，宿醉，睡眠不足，没有洗澡，臭气熏天，心灵则被逝去的情感占据。蒂娜把所有车窗都开到最大，放着一盘杜兰杜兰乐队的唱片。在经历过昨晚之后，他们之间的关系重新回复到二十多年前，镇子里三个无所事事的朋友，身处世界进程之外。在快要接近高速路口的时候能看到前面排起长长的车龙，都是举家去看日食的人，而蒂娜则右转拐进了树林。

乌卡的墓地在穿过树林的湖边，是彼得很早以前就选好的地方。在那里能看见山顶的雪，而翻过那片山，便进入荒漠。乌卡曾经带着他们四个人来为彼得扫墓。周末的早晨他们先去集市上买花，然后挤在车里颠啊颠来到林间空地，把车停下来以后再走长长一段路，便是大湖。那里有很多家族的墓地，巨大的大理石叠放在一起，顶上雕着小天使。天使们洁白温柔，垂着眼睛。他们分散各自行走在大理石落下的阴影之间，阅读着墓碑上的文字。阳光清澈，风从四面八方吹来，人间虽然寂静无声，却仿佛能听见宇宙的声响。泉轻轻叹息，地球上怎么会有那么好的地方。

"我们抄一段近路，从这里可以直接穿到墓地。"蒂娜说。

"你肯定很久没走这条路了。"马里亚诺被颠到晕车。

地面坑坑洼洼的，石子弹跳着打在底盘上，好几次拓的头都差点撞到车顶，而且车子左右晃动着眼看就要栽进旁边的泥洼地。中间马里亚诺不得不让蒂娜停车，他打开车门哇哇地吐，吐完以后面容惨白地坐回来，把自己用安全带固定好，像死了似的一动不动。

拓很累，却精神亢奋，能听见树林里各种细小的声音，辨别空气里层次丰富的香味，毛孔也充分张开着接受阳光的炙烤和树荫带来的慰藉。树林里松果正在成熟，松鼠在树枝上跟着他们的车子跑。拓很感激这两个老朋友，否则他真的不知道该怎么度过这一天，他无法继续在这里待着，也无法回到有秩序的世界里。

"上一次美国的日食是三十八年前。"蒂娜说。

"你还记得？"拓问。

"不记得。但当时新闻里预报了下一次日食的时间，我没想到自己还活着。"蒂娜说。

"就连乌卡都差一点活到今天。"拓说。

"她总说她能活到一百岁。"蒂娜说。

"当时新闻播报说，愿三十八年以后月亮的阴影落在和平的世界。"蒂娜说。

"这是我听你说过的最动人的话——"马里亚诺突然插嘴。

"这不是我说的。是新闻。"蒂娜回答。

"如果不是因为我现在又脏又臭，我已经吻你，我想吻你。"马里亚诺说。

"不不。别再在佩奥尼亚爱上谁了，我们谁都受不了了。"蒂娜说。

"现在调头还来得及吗?"拓问。

"怎么了?"蒂娜问。

"我们应该去看日食。"

"来不及。还有不到二十分钟的时间。但我们可以在二十分钟里把车开到开阔的地方。"蒂娜说着加重油门,车颠得厉害,灌木和荆棘撞在车身上,不出十分钟他们便穿出树林,来到湖边。三个人下车走向浅滩,拓辨认着太阳的方向,但天空里布满了云朵,倒映在湖面,重重叠叠。马里亚诺吐干净以后又从兜里掏出一小瓶伏特加,打算用更烈的酒燃烧掉身体里残余的酒精,蒂娜则掏出霍普他们准备的日食眼镜。他们传递着伏特加,轮流发出龇牙咧嘴的叹息,一边拍打着身上嗡嗡叫的蚊子。

而下一个瞬间,此起彼伏的蝉鸣消失了。天色暗下来一点点,风很冷,致密的黑暗没有到来,湖面笼罩着一层粉红色的霞光。拓察觉到此刻的时间正在折叠或者膨胀或者延展或者塌陷,是他所不能理解的进程,没有拘束,没有秩序。

"我们真是好运。"马里亚诺轻轻嘟囔。

"我们被保佑着。"蒂娜回答。

在佩奥尼亚的最后一个凌晨，拓和泉离开熟睡中的马里亚诺和蒂娜，轻轻关上会议室的门，回到房间。他们不知道喝了多少酒，都醉得厉害。窗外很冷，刮着大风，但他们皮肤滚烫，简直能蒸发眼泪。泉让拓关上台灯，拓便关上台灯，但即便在黑暗中，拓也能清晰地看到泉的四周流动的光，仿佛随意改变着季节，让人无法控制地想要靠近。他们挤在单人床上，中间隔着衣物和皮肤。

拓感觉时间与万物都错过了原本的位置，直到泉的嘴唇贴住了他的嘴唇，他坠入寂静。那是和想象中完全不同的体验。泉的嘴唇干燥，呼吸缓慢，像是在给予他安慰和肯定。当想象中的宝物确凿出现在跟前的时候，拓却动弹不得。而泉薄薄的舌头穿过他的牙齿，抵住他的上颚前端，他们坚硬的肋骨和柔软的小腹紧贴在一起，随着每一次的呼吸碰撞和挤压，交换彼此最重要的愿望。之后泉像树洞里的小动物一样收回舌头，当舌尖离开口腔的瞬间，拓的脊椎也仿佛被快速抽走。

"我从来没有——"泉说。

"我也一样。"拓打断她，亲吻她的眼睛，脸颊和耳朵的角落。

"但你是我唯一想要一起睡的人。"泉断断续续地说,"我想象和你靠近,比现在更靠近一点。"于是拓更靠近她,直到再没有可以呼吸的空隙。

"我想象你就是我,是一个更为正常的我。"泉继续说。

"你也是正常的你。"

"我是宣告失败的试验品。"

"别说这样的话。"

"你不明白。"泉松动了身体,手心从他的肋骨缓缓往下移动。

"你确定我们要这样做吗?"拓轻轻拉住她的手。

"我没法确定啊,"泉说,眼睑下面有两弯浅浅的阴影,"但我想试试,无论如何,我们一起试试,好吗。"

"嗯。"拓说。他紧张、笨拙,几乎在发抖,但是泉的决意感染着他,所以他很自然地用最温柔的方式和泉一起,失去了意识。

直到清晨粉色的微光映在泉半遮的瞳孔,拓的手心贴着泉的背,清晰地感受着肋骨和肩胛骨的伸展。心脏被这样守护着,像寂静的森林里睡着了的小鸟。因为抱着她,所有炙热的话都没能说出口。

"你以后会在小说里写到我们吗?"泉说。

"不会。"拓坚定地回答。

"为什么?"

"因为太好的事情根本不舍得让其他人知道。"

"以后会有更好的事情出现。而且五年以后,就是二十一世纪了。"泉叹息着,拓能感觉到泉的眼泪也流在他的脸上。

五年稍纵即逝,随后是二十年。真正的现实中响起欢呼声,来自山的背面和湖的对岸,人类既疯狂又天真,鼓励着彼此的同情心和慷慨。事物的阴影锐利到反常,云突然散开一些,在近乎清澈的昏暗中出现了星星。金星,木星,水星,排列成一条线。拓接受着时间的消失,而无论泉在世界的哪一部分再次出现,都代表着那里可能存在的出口。

浪的景观

我曾不知道天高地厚地以为，二〇〇三年是我青年时代最倒霉的一年。按照计划，我本应顺利度过大专最后一学期。但是四月非典疫情变得严峻，我就读的野鸡学校封校的同时，提前解散了应届生。没有对我造成具体影响，我当时已经在一所广告公司实习了整整三年，这份工作是群青跟着彬彬去日本前留给我的，他走了，我多少有点顶替的意思。和群青相比，我缺乏野心，这个行业不适合我，而我也没有其他想去的地方，于是老老实实地学习软件。被学校解散以后，反而多出来很多时间可以每天都去办公室学习。结果到了五月中旬，业务受到疫情影响严重，上海分部被遣散了。

我稀里糊涂地接受了这个消息，只想着接下来既不用去学校，也不用去上班，不知道该做什么。为了回避父母的担忧和责难，我依旧像平常一样每天按时出门，甚至更早。网吧里空荡荡的，只有一些不怕死的衰人，我也不怕死，但受不了那种极度警惕和绝望的气氛，不愿待在那种地方，于是便沿着黄浦江畔，一片区域一片区域地寻找露天篮球场，那里有大量和我一样，不分昼夜闲逛的人，我们每日流动，与不同的陌生人打球。我还去了多年没有去过的植物园和动物园，去了旧机场的停机坪，去了崇明岛，看见不少平常想象不到的风景。搭最晚一班船渡过东海回家时，二楼甲板只坐着我一个人，外面的黑暗中也看不到别的船，我在春日温暖的海风中玩手机上的俄罗斯方块，几乎忘记了被打断的未来。

之后的就业市场极其不景气，而我无心投放的简历竟然收到一份回复，甚至不需要面试，于是酷暑来临之前我成为一间画廊的临时工。去了才知道负责人口口声声所谓的布展全部都是工地上的体力活。我和几位真正的工人一起搭脚手架，搬运，测量，砌墙和粉刷。几年前在美校没有学好的东西在这里又跟着师傅从头学了一遍。每天傍晚我爬下脚手架，心想目前的局面就是这样了，我毫无未来可言，此刻却在做着自己能够胜任的事情。

九月开学以后，社会秩序已经慢慢恢复，我一再拖延，终于还是回到学校正式办理毕业手续。学校竟然又缩小了一圈，不是心理错觉，学校原本借用了闹市区背面一栋机关建筑，一再缩水，那年一楼和二楼被收回，成为知青联谊会。我往上爬了两层，在办公室里遇见两位同样来办理手续的同学，但大家都埋头核对材料，一心只想和这里告别，谁都不愿和谁打招呼，也不关心彼此的去向。办完手续以后我与社会上的一切正式脱离了关系。本应该给家里打个电话，却第一时间打给了群青。他上个星期回国了。

"你在哪里？我去找你。"群青接起电话说。

"你说个地方吧。"我回答。

"那去外滩看灯啊。"群青说。

我这才想起来，这原本是一年里我最喜欢的日子，国庆假期前一天。夏季一事无成，然而空气干燥，气温适宜，高架一半在阴影里，一半是金色的。真正的假期甚至连第一天都还没有开始。

群青是我在美校关系班的同学，不是高中，是中专。这个班上的大部分人都和我一样，学习不行，没有特长，父母有一些人脉关系，但人脉关系不过硬，没多大用处，只能把我们安排在这里作为过渡，希望我们在流落社会之前能够开窍，或者至少，学会一些谋生的技能。学校在吴淞郊区，靠近海，与世隔绝，曾经是海军训练基地的营房，所以操场上仍然留有很多身体训练设备，我们在这里像法外之徒一样度过了成年前最自由的三年。群青是班里唯一有美术基础的，他能调配出差别细微的颜色，使用工具得心应手，了解各种材料的特征和形态的变化。他的父母都是贵州一所工厂技术学校的美术老师，上海过去的知青。群青原本可以考上当地最好的重点高中，但他只想往外面跑，于是坚持独自回到上海参加中考。回来以后才知道两地使用的教材不同，这样稀里糊涂准备了一个多月，自然一所像样的学校都没有考上。群青这个人在学校里没什么朋友，一来他专业成绩太好，和我们班甚至整个学校的整体氛围不符合，二来他性格内向，心事重重，不好接近。

开学第一个星期，我在宿舍打赌输了以后连做五十个俯地挺身跳，还没做到二十个，就晕头转向撞到床架，撞得满口血。在医务室里面遇见群青，他因为擅自使用工作间的车床，削掉半个手指尖，血染半边衣袖。我们两个人哼哼着一同被校车送往市区的医院，路上相互展示牙齿的缺口和指尖露出的骨头。回来的时候，群青的手指包扎完毕，我则永远失去了半颗门牙。我俩因此成为患难之交。

之后我和群青都选了标本处理课，因为无法满足于课堂上只能摆弄死鱼和飞蛾，便一起去学校后山碰运气，希望能捉到鸟或者其他小动物。大部分时候一无所获，但最终在冬天结束前撞了大运，我们捡到一只刚刚死去的黄鼠狼，遵循物尽其用的自然法则，将腐烂的肉留给后山的昆虫食用，取下头部带回学校，去腐清洁，再经过一个星期双氧水的浸泡之后，获得一枚洁白坚固的纪念物。群青去日本的前夜，我们买了两支红星小二，学习古惑仔那一套，以黄鼠狼的头骨为证，一饮而尽，结成永恒的友谊。

转眼几年没见，我们约定在英雄纪念碑底下见面。横穿中山东路以后，我不由自主朝防波堤飞奔，直到一眼在人群中看见群青。他长得普普通通，但向来都极其好认，穿着一件迷彩冲锋衣，走的时候是寸头，现在留成了长发。我一边跑一边大声喊他，他也大力朝我挥手。

"你的牙怎么还没修好？"群青见到我就大笑。

"不重要！"我也大笑，知道自己非凡的心情绝非幻觉。

我和群青上次来外滩还是五年前的国庆前夜，全市市民都涌向黄浦江看焰火，无论从哪个方向进入外滩都寸步难移。人群像层层巨浪一样往防波堤倾轧，警察手挽手站成人墙，目不斜视，并且有卡车不断运来一车又一车公安学校在校生。所幸我们逆着人流在开始焰火表演前爬上了福州大楼楼顶。很多居民带着躺椅和板凳，旁边鸽棚里的鸽子在黑暗中休息，轻轻发出咕咕声。天空中升起第一朵烟花时，美得好像夜空本身的产物，是和闪电或者雨水一样的大自然。人们内心的赞叹也成为共振。但是那天没有一丝风，江面上燃烧以后的硫磺烟雾无法消散，反而在空中凝聚，很快我们便什么都看不见了。

焰火表演结束以后，人群渐渐松动，公安学校的学生先行撤离，接着是警察，到了后半夜，整片外滩只剩下巡逻队和成群结队不肯离去的中学生。每个人手里都握着巨大的充气塑料玩具，从任意两个方向迎面遇见的队伍，瞬间汇拢开始战斗，又瞬间结束各自继续向前，直到遇见下一群对手。我们买了大号充气榔头，但不属于任何一支队伍，我们跟着胜利的队伍跑，也跟着失败的队伍跑。直到马路彻底空了，公交车都已经停运，我和群青回到防波堤，和剩下的人一起，围成一小堆一小堆坐着，在郊游的气氛中，等待清晨的到来。

那之后不久彬彬家里突然出事，临时决定举家搬去日本投靠亲戚，避过风头。学校里的人都以为群青和彬彬的恋爱就此到头，出人意料的是，群青花了大半年时间就考出了日语三级资格证书。第二年春天，他放弃了美术类大学的专业考试，通过留学中介找到一所位于横滨的语言学校。当年出国留学在我们这样的破学校里极为罕见，几位老师虽想挽留，却立场不定，于是不知怎么的便木已成舟。高考前夕我到机场和群青告别，之后独自坐大巴回到学校，跑去网吧打了一宿游戏。

高考失利以后我不想出去混社会，鼓起勇气回到补习学校复读，第二年春季招生勉强考上一所大专。报到第一天我就后悔了，学校里死气沉沉，没有住宿，我不得不搬回家里，和父母住在一起，这让我觉得自己是社会的蟑螂。但群青的情况比我糟一百倍。他刚到日本便发现学校的注册地在横滨，就读学区却在偏远乡郊，不通新干线，每天从火车站发两班巴士，四周皆是荒野。而且按照规定，在校期间不允许打工，他相当于是被中介骗了。由于父母为他出国而背了债，他只能离开学校，回东京打黑工，到日本的第一个月就成为黑户。然而群青在电话里和我讲得惊心动魄，一点没有沮丧的意思。我问过好几次彬彬家里到底是不是真的有问题，我看新闻里很多人去了日本以后打一辈子黑工，和家人十年没有相见。我的意思是他别把自己整个搭进去。但群青保证说彬彬家里只是被牵连，事情会过去的，他们每一个人都会重新获得自由。在此之前，他有他的计划。他要先还清父母的钱，如果政策允许的话，也想继续在东京找个学校念书，走一步看一步。

结果几年里平平静静的，群青打工的餐厅却遭遇同行举报，几个黑户都被遣返。他告知我的时候，已经坐上了虹桥机场的巴士。这对他来说是重创还是解脱，我也说不好。

我们逆着人流离开防波堤，提着一袋零食，回到楼顶的天台。鸽子已经回到棚里，天台上没有其他人，刮着秋季罕见的大风。晚上不会再有焰火表演，现在都改成灯光秀了，激光在对面的楼群上打出虚拟的浪，还有海豚跃出浪尖。但我们在楼顶看不到，前面的楼群遮住了视线，爬到水塔上面，还是不行，只能听见时断时续的音乐里，低音的轰鸣。群青费很大劲才在大风里点上一根烟。

"你接下来有什么打算？"他问我。我没想过，我没有什么打算。

"喂。那我和你说件事情，你考虑考虑。"他语气变得严肃。

"你说啊。我听着。"我回过神来。

"我和你提过我有一个朋友吧，之前往来东京和上海做二手衣物和古董买卖的。他要移民去加拿大，所以在人民广场的服装档口着急找人接盘。我昨天去见了他，也去档口看过，和以前老谢那里肯定不能比，但是气氛不错，都是同龄人。我在日本没少帮他忙，他答应前两个月不收我们租金，相当于送给我们练手。之后的合同我们直接跟台主签。我问了老谢的意见——"

"赶紧接下来啊。这么好的条件，别拱手让人了。"我有点着急。

"你听我把话讲完行不行。我现在的情况是，彬彬一时回不来，我五年之内签证受限也别想再回日本，从前的计划都泡汤了。但我得赚钱，遣返的罚款，外加父母那里欠的钱也都还没有还清。所以现在我没有回头路，也没有自由。你也得先考虑考虑清楚，可能会很苦，也可能会失败。过两天再告诉我就行。"

"别过两天了，过了这村没这店。"我心里泛起一些热浪，是很久没有过的感觉。

"有你这句话就行了。"群青也站了起来，把烟头弹开很远。我们靠在水塔的栏杆上，能看到对岸巨大的白色光柱打向天空。

服装档口的事情不是空穴来风。念书时，我和群青在学校里几个青年老师的影响下迷上摇滚乐。傍晚他们在学校广播室里一边喝啤酒一边用高音喇叭放平克乐队的歌，我们在操场上一边跑圈一边听得热泪盈眶。当时能够找到的资讯极其稀少，书店里的音像制品柜台翻来覆去只有两排摇滚磁带。还有一档电台节目，但每周只有一次，而且主持人疯疯癫癫的，有时候整整半个小时听众们都迷失在失真的噪音中，不知如何是好。我后来从这档节目里了解到一则歌友会的信息，便叫上群青一起怀着朝圣的心情去参加过几次活动。活动多半在五角场附近几所大学的学生活动室里，组织者放一晚上演唱会的录像带，介绍欧洲和美国的摇滚新浪潮。大家七倒八歪坐在地上看，可能因为心情过分郑重，都看得疲惫万分，结束以后全体像梦游一样涌到门口大口大口呼吸和抽烟。来的人大多是附近大学里诗社和剧团的成员，都在练吉他，都在找排练场地，都说自己的乐队在招募乐手，人也都挺好的，又忧郁，又懂礼貌。

起初我以为老谢是歌友会的组织者。他年龄最大，体格如劳动者一样强壮，因为极度热情而显得笨拙，说一口滔滔不绝的脏话，与知识分子大学生们内向拘谨的气氛格格不入，却几乎每次活动都到场。我一开始以为老谢就是那位疯狂的主持人，打听下来才知道他是华亭路服装市场的个体户。他这个人夸夸其谈，特别容易动情，有时候让人受不了。有几次他讲述他亲眼见证的伟大演出几乎要泛起泪花。但老谢因为搞服装的关系，交际甚广，常常能带来稀缺珍贵的演出录像带，所以大部分人虽然看不上他，歌友会却没他不行。

不过老谢不知为何却对我和群青刮目相看。他说群青是年轻版的窦唯，而我是年轻版的——他想了半天说出一个我从没听说过的外国人名字，他解释说反正也是传奇级别的朋克。他这个人夸起人来没谱到了不真诚的地步，不太能信，但我心里还是挺高兴的。有一次活动上放的是平克乐队的迷墙现场录像带，结束以后大家的情绪格外激动，迟迟不甘心散去，于是我和群青又跟着他们去了大学附近的一间酒吧。这是我第一次去酒吧，没有带够钱，就只要了一杯啤酒，从头喝到尾。虽然我当时对柏林墙的事情一无所知，但其他人一路聊到布拉格之春，我昏头昏脑地听着，被感动得一塌糊涂，结果出来的时候回吴淞的末班车已经没有了。我和群青也没有太担心，和其他人一起走在路上，陆续握手告别，最后只剩下我们和老谢，老谢的热情没有消散，还在说个没完。郑重其事的气氛随着夜晚的流逝而变得更为深邃，我感觉自己被当作真正的成年人一样平等地对待着。我们又在路灯底下站了很久，最后老谢借给我们一百块钱打车回宿舍，我们问他留了联络地址。过了一个星期再去歌友会的时候却没有遇见他，于是我和群青按照地址去找他还钱。

当时的华亭路服装市场还在鼎盛时期，层层叠叠的露天档口罩着铁皮或者遮雨布。我和群青一头钻进迷宫般的通道，顿时懵了。原本只在音乐录像带里见过的事物突然变得触手可及。美军风衣，利维斯牛仔裤，阿迪达斯复古运动衫可以随意挑选。仿佛档口的世界不遵循外面的物质流通法则，专将幻梦变为现实。

老谢的档口是从自己家的天井延伸出来的违章搭建，具有得天独厚的优势。他没想到我和群青会去找他，很高兴，提早收摊，领着我们去了他的仓库。他的仓库就是身后自己家的阁楼，也是违章搭建，楼梯又窄又陡，我的头几乎顶着前面群青的屁股。但是仓库里面整洁干燥，一股迷人的牛仔布料味道。挪开货物之后，是一块两米见方的狭窄空间，按照年代分类排列着各个国家的军队防寒大衣，战地迷彩，工作服和海军毛衣，墙上贴着海报和唱片封套。老谢说上面有的大明星都在他这里买过牛仔裤。群青指着一张窦唯的海报问，"窦唯也在你这里买过裤子？"

"魔岩三杰都来过。"老谢得意地回答。

"什么时候的事情啊？"群青将信将疑。

"也就是香港红磡之后那两年吧。他们从南京一路演到上海。"老谢说。

"真的假的，都没听说过。"我说。

"你们知道什么，那时候还在听小虎队呢。"老谢说。

"窦唯在现实中是什么样？"群青问。

"特别牛逼。特别时髦。穿美军风衣和鬼冢虎球鞋。当时没人这么穿。"老谢说。

"那他在你这里买了什么？"群青问。

"你们等等。"老谢说着在身后的书架上翻找，抽出一本杂志来，指着里面的一张照片说就是这条裤子。结果是一本日本杂志，通篇采访也不知道讲了什么，但照片配的确实是极其年轻的窦唯，而且有好几张，是他和朋友们在北京郊区的水库玩耍，我和群青拿在手上看了半天，没有任何一张照片里能看清他到底穿的是什么裤子。但是群青立刻对老谢说，他要买这条裤子，就要窦唯穿着的这条裤子。

群青当时是同学里最有钱的，因为他自学网页设计，轻松找到好几份兼职，赚到的钱都花在老谢那里。升旗仪式的时候，他穿着从老谢那里买来的紧身利维斯牛仔裤和牛仔衬衫，大摇大摆地横穿操场，看得其他同学目瞪口呆。

渐渐的，学校里那几个青年老师都专门来向他打听裤子是哪里买的。于是群青找我商量，从老谢那里进一些裤子到学校里卖。起初我们小心谨慎，每周末只带两三条回学校。等现金流滚动起来以后，胆子也敞开了。直至生意被学校教导处出面取缔之前，我们陆陆续续卖出四十多条裤子，都是紧身到绷着蛋的款式。于是在接下来的两年里，每周一全校升旗仪式的时候，操场上有四十多个人穿着我们卖出去的牛仔裤，不时扯着裆部调整蛋的位置——我觉得这几乎算是一场革命了。

群青要分给我卖裤子的钱,我没要,他想尽办法给我,我又想尽办法还给他。最开始用来进货的钱都是他做网页赚来的,而且他在上海寄住亲戚家里,各方面都需要钱。但是过了一个星期,群青送给我一双匡威球鞋,最正统的高帮系带,白底红边,整条华亭路都没有卖。我吃惊地问他是从哪里弄来的,他说他横扫了整个上海,最后在第一百货商店的运动专柜找到,仅此一双,英国制造,我至今都记得价格是三百七十五元,一笔巨款。这是我得到过最珍贵的礼物。

我和群青一起去签档口合同的那天,我穿着他送给我的匡威鞋,他穿着从老谢那里买来的窦唯同款牛仔裤,这两样东西都不可避免地磨损和褪色,但在我们心中永远代表着尊严和好运。路上我不时去摸左侧肋下,那里的衣服内兜里插着一只牛皮信封,装着我全部存款。我们签下的档口在人民广场迪美地下城,转来的租约又续签五年。我对五年没有什么概念,我生命中还不曾出现任何一件事情是以五年作为计数单位的。

我们入场的时候外贸市场已经发生过一次大震荡。

华亭路市场二〇〇〇年拆迁以后，有资本和人脉的老板在淮海路区域开设独立商铺，剩下的汇入襄阳路。老谢的档口和家里的违章搭建在拆迁中被全部移除。他这个人善于一蹶不振，无法适应时代的震荡，于是没有参与襄阳路市场抢占地盘的腥风血雨，在家里炒股票，荒度时日，一年之后才重出江湖，盘下两个小仓库，退居到七浦路市场，自此只做批发买卖。市场的大生意都在一楼二楼交易，三楼是废物们的荒漠。老谢盘踞三楼一角，手机信号若有若无，用电子设备联络不上，要找到他就得转两趟公交车亲自相见。整片批发市场以天桥为起点，乌烟瘴气，小偷成群。全国各地货源汇集，因为抢货和帮派斗争，巷子里的械斗时有发生。老谢的境遇表面看起来一落千丈，实际却因为陆续接了好几笔贸易公司的大单而交了好运。但他无动于衷，大声哀叹，坚持认为自己被流放了，从上世纪的幻梦中被流放。所幸，我们的友谊从那个幻梦中被保存下来。

当时的迪美地下城与其他地方垄断货源和势力割据的状况完全不同，进驻的多半是我和群青这样刚刚入场的同龄人。地下城是九十年代中期建造的新型防空洞，面积等同于半个人民广场，分区域招商，缓慢拓展。一半已成规模，另外一半还无人管理。我们的档口位于边界，编号A37。虽然与期待中的一切相距甚远，但这里的气氛极其地下，男孩女孩大都没钱没背景，美院和服装学院的学生居多，也不着急赚钱，因此有一种不成气候的学校社团感。大家每天交换来自批发市场和服装厂各种无用的小道消息，使尽浑身解数打扮，只为了让自己看起来不同于外面的普通人。

我和群青虽然干劲十足，却毫无头绪。头一个月我们搭乘地铁和轻轨，纵向和横向扫荡了上海市区和近郊的纺织批发市场，却始终无法在货源上达成一致，而且过多的垃圾货源像污染物一样伤害我们的意志力。之后随着气温断崖下跌，我们渐渐乱了阵脚。到了十一月底，无论什么样的货源消息都会追踪，孤注一掷的念头变得非常强烈。我心里很清楚，再进不到合适的货就等着完蛋吧。这是我记忆中最冷的冬天，日以继夜刮着北风，我和群青沿着苏州河，从一个仓库摸到下一个仓库，像冰天雪地里迁徙的动物。

十二月的第一个星期，我们得到消息说虹口那边鬼市有批冬天的货天亮进仓，得赶早去抢。我和群青第二天凌晨三点按地址找到仓库，空无一人。我们在避风处等待，太冷了，只能不停聊天分散注意力和保持清醒。熬到破晓时，薄雾里出现一辆货车，远光灯照在我们身上。不等司机师傅卸货我们就跑过去看，是从山东运来的一批贴标羽绒服，日单户外功能性品牌。我和群青交换一个眼神，就已经确定这批货无论如何都要拿下。只是我们热情过头，失去讲价的先机，全部的钱只够支付订金。死皮赖脸与司机师傅交涉下来的结果是，先交订金，晚上九点取货并交付全款，过时不候，订金不退。

我和群青离开仓库以后，双手插兜往轻轨站的方向走，外面是一片拆迁中的棚户区，气温甚至比夜晚更低。第一班轻轨还没出站，我们站在露天站台上，刚刚失去了全部的钱，是真正意义上的一无所有。我问群青，"我们去哪里？"

"去找老谢想想办法。"群青回答。

"不是说好不找老谢吗？"

"我们说好了不从他那里进货。没说不能借钱。"

"这有区别？"

"从他那里进货是不思进取。从他那里借钱是走投无路。"群青的语气不如平时确定，但我心里清楚他说得没错，我们走投无路。到批发市场的时候，老谢刚刚发完一车皮的货打算回家睡觉，见我和群青披一身晨雾，几句话就问清楚了我们的处境。他先领着我们去楼下出租车司机面馆里吃了一大碗面，然后叫我们等着，他自己去银行跑了一趟，回来的时候手上多出一只塑料袋，大大咧咧从里面掏出来几叠现金递给我们。数目远远超过我们实际需要的。我心里狠狠一暖。

"你们搞到车了？"老谢问我们。

"什么车？"我和群青都一头雾水。

"你们拿什么去运货？"老谢说。

"助动车行吗？"群青问。

"我爸也有一辆。"我说。

"我操。你们闹着玩吧。"老谢拍掌大笑。

我和群青面面相觑，不明白他是什么意思。

"几百件羽绒服你们搞辆金杯车都得跑几趟。"老谢说。

"你有金杯车吗？"群青问。

"我不会开车，我骑三轮。"老谢说。

"三轮摩托？"群青问。

"三轮板车啊。"老谢回答。

"你骑板车送货？"群青问。

"操。你不是百万富翁吗？"我问。

"你们这话说的，一副没见过世面的样子。板车比金杯车能装啊，能和公交车抢道。"

"怎么样。你会骑三轮吗？"我问群青。

"这有什么难的。"群青说。

晚上我和群青在老谢的仓库碰头，骑着他的板车回到清晨的仓库，担心过的事情一件都没有发生。货已经全部清点好了，一捆捆码得整整齐齐，司机师傅开着取暖器，一边吃盒饭，一边听相声。我被暖烘烘的空气里飘浮着的羽毛绒绒刺激得鼻涕眼泪横流。

"你哭什么？"群青问我。

"我没哭。你他妈才哭。"我一说话却呼呼流出更多眼泪。

这批货我们分两车拉完。第一车直接拉到地下城，但地下城那段时间消防检查，晚上十点以后不允许进出，所以第二车只能拉到群青家里。群青回到上海以后没再寄人篱下，自己在浦东轮渡码头附近租了便宜的屋子居住，那屋子破得惊人，没有空调，没有热水，不通煤气，住在那里像是每天都在军训。我俩轮流蹬车，轮流坐在车板上护货，碰到上坡就一起下车推，连滚带爬地赶上最后一班轮渡。那天的黄浦江上大风大浪，整艘船都往一边倾斜，我和群青费了很大功夫才把板车固定好。然后我们拆开两件羽绒服自己穿上，爬上甲板。没有云,空气冰冷干净,能看见明亮的冬季大三角。

"你闻闻,是不是有鸭子的味道?"群青突然把头埋进衣服里。

"废话。说明这是货真价实的鸭绒。"我说。

群青咔嗒咔嗒地点烟,我们被鸭子的味道围绕,暖暖和和,自由自在。

春节里我和群青高高兴兴地去给老谢拜年,正巧碰上老谢过生日,一定要留我们去乍浦路的大饭店吃饭。年初四的夜晚,整条乍浦路灯红酒绿,空气里浸着白酒芬芳,每间酒楼门口的大水缸里都游着红彤彤圆鼓鼓的发财鱼,齐齐朝着一个方向挤,撞到玻璃再折返。酒楼里面金碧辉煌,桌面大小的枝形吊灯下面坐满人,食物被放在干冰里冒着烟端上来。蟠桃大会也不过如此。

"没想到你平时挺摇滚的一个人,做寿风格怎么和我爷爷一样。"我讽刺老谢。

"你们懂个屁。今晚迎财神,明年走大运。"老谢回答。

老谢大宴宾客,渠道上的合伙人,报纸和时尚杂志的编辑,电视台刚刚露面的年轻主持人。还不断有新的朋友从其他地方转场过来的,热情洋溢,都已经喝多了。老谢挨个给大家互相介绍。说到我和群青的时候,他说我们是他来自上世纪的老朋友。我挺感动的,我不知道老谢原来有那么多的朋友,而我们是里面年纪最小的。大家互相握手,拍打彼此的肩膀,坐下来喝酒。他们聊娱乐圈消息,股票,夜总会和世界局势。大部分事情我都没有经验,却听得津津有味。我觉得老谢的朋友们普遍过着既浪漫又务实的生活,在金钱的热浪里翻滚,却愿意为一些特别抽象的事物一掷千金。有位戏剧学院的老师问群青是不是本校学生,还是哪个剧场的演员,看着脸熟,肯定在台上见过。群青说他不是学生,没有念过大学。那位老师一定要留下群青的电话,说等开春招生的时候再联络他。之后服务生端上来一只裱花奶油蛋糕,于是那位老师带头唱起了生日快乐歌。我这才知道原来老谢三十五岁,而我一直以为他只有二十七八岁,他是那种和具体年龄数字没有关系的人,似乎从未年轻,也不会衰老,但是再一想,自我们认识起,确实已经过去好多年。吹灭蜡烛之后,歌却没有停下来。我们一起唱了罗大佑,伍佰,《Hey, Jude》——"Na, Nana, Nananana"——

一首接着一首，越唱越激动，酒越喝越多。唱到《明天会更好》的时候，已经有人开始哭泣，大家都站起来，嚎啕大哭的人站到椅子上，还要往桌子上爬，被拉住。酒楼里其他桌上的人也加入进来，人群啊年龄啊身份啊，诸如此类的差异都短暂消失，但是在集体的合唱中，整体气氛却突然不可挽回地跌向伤感。

"哎。"坐在我旁边的女孩冒出一句轻轻的叹息，我不知道她是什么时候坐下的。不是我吹牛逼，美校也好，地下城也好，我是在漂亮女孩扎堆的地方长大的。我刚刚进美校的时候，高年级的学姐们烫着头，个个打扮得像香港大明星，傍晚在操场上练习迈克·杰克逊的舞步，我暗恋过她们中间起码一半的人。所以也不能怪我整晚都没留意到她。她个子中等，卷发费了很大力气用皮筋绑住，又随时都要挣脱出来似的。穿着不协调的长裤和短风衣，有种乱七八糟的流浪儿气质。我心里琢磨着她的那句叹息是不是有点讥讽的意思。

"你也是电台的吗？"女孩转头看着我，像是留意到我的内心活动。

"什么电台？"

"那是我搞错了。你是做什么的？"

"我是个体户。和朋友一起卖衣服。"这是我第一次以这样的身份介绍自己。

"挺有意思。但你看起来一点也不时髦啊。"

"我还行吧。我可能是那种在精神上比较时髦的人。"

"哈哈哈。你是有种自暴自弃的气质。"

"那主要是因为我缺了半颗门牙。"

"你的牙怎么了？"

"你看过《古惑仔》吗？"

"哈哈哈。别闹了。你们的店在哪里？"她继续问我。

"不能算是店，没有名字。而且也没决定好到底卖什么。"

"那倒是挺酷的。"

"不是像你想的那样，我不是那种酷酷的成天无所事事的人。我勤劳勇敢。"我几乎每说一句话都在后悔，不知为什么无法自控地想要表演拙劣的幽默。

"我问个正经问题行吗？"女孩问我。

"你说。"

"我能采访你吗？你和你的朋友——"

"你是说正经的采访吗，我们有什么可采访的啊。你是记者吗？"

"是啊。"接下来她说了一个报纸的名字,我没有听说过。

"我平时不看报纸。"我非常不好意思。

"我们还在创刊的筹备阶段,而且我还是实习生,今年夏天才正式毕业。"

"为什么要采访我们,不会有人要看的吧。"

"我在做一个叫做二十一世纪新浪潮的专题。"

"什么是新浪潮啊?"

"就是写写大家都是怎么瞎胡闹的。"

"哈哈哈哈。你叫什么?"我问她。

"消失的象。"

"什么?这是什么破名字?"

"这是笔名,我在报纸上发表文章的时候用这个名字。"

"用这样的名字能写出正经报道吗?"

"不都说了是瞎胡闹吗。"

"这个名字到底是什么意思啊。你喜欢动物还是怎么回事?"

"没什么特别的意思。就是一本书的名字。"

"是小说吗?我书读得少,但我会去找来看看的。"

"不必不必。我也就是随便起的。"

"那我应该叫你什么？"

"小象？别人叫我什么的都有，我没所谓。"

"那我就叫你小象好了。我觉得你比较像一头小象。"毕竟我从未在真实的世界中见到一头小象啊。我们交换了电话号码，我在手机通讯录里保存了"消失的象"。

接近零点的时候酒楼里的人都开始往外涌，大家合力抬出整捆整捆的满地红，手臂粗细的高升和冲天炮，桌子大小的焰火盒子，垒成一座座碉堡。我看得目瞪口呆，直到第一支焰火呼啸着窜上了夜晚的天空，震耳欲聋的，我缩起脖子感觉自己身处战场。如果此刻财神正在巡游，他一定也会驻足观望。

"恭喜发财。"老谢拍拍我的肩膀。

"太厉害了。钱的味道应该就是硫磺味的吧。"我说。

"你还没见过前几年更厉害的时候，放焰火放到警察都要封路待命。"

"生日快乐啊。"我也拍拍老谢的肩膀。

"别提了。三十五岁，一事无成，在这里空许愿望。"

"一事无成挺好的。这不正是时代的潮流吗。"

"后来你还去过歌友会吗?"老谢突然问我。

"再也没去过了。歌友会还没解散?"

"早就解散了。我最后一次见到那群人还是千禧年的元旦,你能想象吗,都过去那么久了。我们去了好几所学校做放映,其实就是玩命玩了三天三夜。后来大家都开始使用互联网了,感觉是一夜之间,每个人都取了不同的网名,比自己的名字酷多了,从此再也不需要在现实中见面了。"老谢大声叹气,又动情了。

"我觉得那样挺好的。我其实没有特别喜欢那些人。"

"我知道,那种臭傻逼知识分子味呗。但我有时候就是会被这种东西迷住。"

"我不懂知识分子什么的。我只是不喜欢那里的一种阴郁气氛。"

"做生意不能太执着于气氛。"

"你是说我吗?我一点都没觉得自己在做生意,没那种正儿八经的感觉。"

"那你境界挺高的。"

"别笑话我了,我是说真的。我不知道做生意的感觉,你是过来人,你教教我。"

"你见过那些在海里冲浪的人吗,在明晃晃的水里长时间地等待一个完美的浪，等浪来的时候，奋力跳上板子，在浪尖上划出一道又长又美的白色弧线。"老谢这样说，好像我们正置身于虚构的海，而他奋力向前伸出手去说，"你看。"人们踩着厚厚的红色纸屑，引爆更多的引火线，站在硫磺的浓雾中许下新年愿望。我看见群青被点燃的哑炮烧着了头发，却没再见到小象的踪影。

"我们现在看到的也是浪的景观。"老谢说。操。他这句话真的太煽情了。

那批货一共三百七十五件羽绒服，开春前就几乎卖完，提前还清了欠老谢的钱。功劳主要归群青。他会说日语，模样像日本青年，每天只要坐在档口便是一种广告宣传，让人不由自主也想穿上他的衣服，成为同样的颓废派。我们为了更进一步地渲染氛围，从老谢那里要来不少九十年代的日本杂志海报贴在墙上。而且我们只卖一种衣服，特别硬核。不少人以为我们直接从日本进货，有海外关系，对此我们从来也没有否认，口碑很快便传了出去。

赚到钱的虚荣心稍稍鼓舞了我和群青，之后只要那位司机师傅从山东拉货到上海，我们便第一时间去候着。为此经常凌晨便各自出门,沿着苏州河,摸黑骑车去仓库,在冷雾中等待他的货车入库。大部分时候我们都空手而归,但其实我从心底里来说,也没有对好运的再次眷顾抱有期望,倒是师傅被我们倔强的意志力弄得挺不好意思的,建议我们说,要想找到称心货源,还是得亲自去北方沿海地带跑跑,那里遍地都是服装厂。

于是我和群青去驾校报考了B型货车驾照。自此以后每星期都有两三天清晨,我们在人民广场公交站见面,一起坐驾校班车去嘉定的练习场学车。第一次去广场集合的时候天都没亮,有霜冻,为了节省体力,我们坐上班车以后彼此不讲话,打瞌睡。但车厢里很冷,窗户漏风,很难真的睡着。驶出市区以后两侧是宽阔的土路。天始终不亮,像在大片的阴影里。这样的日子持续了整个春天。

这期间老谢提议我和群青去一趟北京,说那里搞服装的气氛很不一样。这趟旅行我和群青都期待已久,想从野狗一样的生活里喘口气。

到北京的第一晚我和群青在鼓楼的青年旅馆睡大通铺,都是背包客,晚上八点以后淋浴间就没有热水,拉屎得去外面的公共厕所。但附近的胡同里都是二手衣服店，乐器行和酒吧，卖各种意想不到的破烂，去小饭馆里吃刀削面，旁边坐着一群穿匡威球鞋的朋克。特别野，特别贫穷，特别嚣张，让人不由自主想要成为这个公社的一员。

接下来的四天里，我和群青每天都去世纪天乐和动物园批发市场报到，大铁皮棚底下都是满口京腔的男孩女孩，又疯狂又颓废，个个都像在演王朔的电影。我们在世纪天乐的一个档口狠狠心，拿下几件美国的二手皮夹克，价格高得离谱，但老板特别能聊，最后还给我们留了一个地址，叫我们离开之前一定要去那里看他们乐队的演出，他请我们喝啤酒。回去一查才知道他是那种教父级别的鼓手。

最后一天傍晚我们真的按照地址找了过去，却在什刹海背后的胡同里迷了路，天黑以后整片胡同都没有路灯，我们饥肠辘辘摸进一间酒馆，意外发现二楼的露台在办派对，碳盆里烧着火，很多吃的，很多酒，有个流浪汉在拉手风琴，跺着脚唱悲怆的俄罗斯歌曲。那里卖十块钱一杯的鸡尾酒，一股酒精和香料味，但我和群青喝了一杯又一杯，全部都喝多了。走出来的时候，不知道怎么地突然置身什刹海边，那里的冰还没有完全化开，湖面上停着白色的鸭子船。而我们什么都顾不上,蹲在树下,哇哇乱吐。后来我们运回来的那几件皮夹克,还没有来得及上架就被隔壁几个摊主一抢而空,早知道豁出去把那批货全包下来了,这件事情我至今想来都有些遗憾。

第二天我和群青宿醉着坐夜班快车回上海,驶出北京没有多久,我便接到小象的电话,黯淡的电子屏上闪动着"消失的象"这几个字时,火车正开进山里的隧道,周围一片黑暗,这个电话像是来自于另一个地方,其他的世界,以至于我接起电话傻乎乎地问:"你在哪里?"

"我在学校宿舍,站在阳台上。你呢?"小象的声音从黑暗中传来,又清晰又确凿。

"我在从北京回来的火车上。也不知道开到哪里,刚刚穿过了好几座山,现在外面是平原。"

"真好啊。你去了北京。"

"我猜你肯定忘记了我们的约定。"

"我没忘记。"

"那就是反悔了,发现我们的采访不值一做。"

"我一直在写毕业论文,废寝忘食的,刚刚写完就给你打电话了。真的很抱歉。"

"抱歉什么,我很高兴你没有消失。你的论文是关于什么的？"

"我不会告诉你的，你肯定会觉得特别枯燥。"

"你不说说怎么知道。没什么能让我感到枯燥。"

于是小象认认真真从头说起。起初我们都还有点紧张，她只想尽快说完，渐渐的却越说越远了。中间她偶尔会停下来，等等我，于是我发出一点声音，让她知道我始终在，无需担心。我握着手机蹑手蹑脚地从上铺爬下来，在过道找了一个靠窗的座位坐下，我一点都不觉得枯燥，反而入了神。中间我打断了她一次，是因为手机提示没电了，于是我拿着充电器来到车厢交接处的插座旁边，坐在地上，接缝处不断涌进来潮湿柔和的季风，我想火车已经离开了华北平原。她问我还在听吗，我说是的，我可以一直听下去。所以一直等到她讲完以后，我才告诉她，"火车已经离开华北平原了。"

"那明天我们约个时间见面好吗？我们可以开始采访。"她问我。

"明天是指醒来以后的明天吗？"我问她。

"是啊，醒来以后的明天。等你回到上海以后。"她确定地回答。

于是我们约定了见面的时间地点，照理应该道别，但我们都沉默着不想说再见。这样的时刻我应该说些什么呢，我心中有着千言万语，我可以说说美校后山的四季，吴淞码头靠岸的远洋船，还有黄鼠狼的头骨。我还可以问她，你知道吗，北京的公共厕所没有隔断，拉屎的时候正对着对面人的脸。我不记得前后的顺序，但是这些话我全部都说了。直到车厢里的人陆续从无边的梦中醒来。我站起身，窗外已经是黎明的农田和天际线的霞光。

"哎呀！"我惊呼。

"怎么了？"

"我本来想好要在火车过长江的时候告诉你的。现在已经过了。"我告诉小象。

火车到站以后我和群青告别，没有回家，却直接坐上了通往五角场方向的公交车。歌友会时代我曾去遍了那里所有的大学，没有想过几年后重返是要去见女孩。我在校门口给小象发了一条消息，然后凭记忆穿过操场，往学生活动中心的方向走。我猜想小象还在睡觉，但是她立刻回复了我。她也醒着，而且一点也没有感到意外似的，好像我们本来就说好要在学校见面一样。我却紧张起来，走进旁边的小卖部里想买些什么，口香糖或是可乐，结果只买了一小盒避孕套揣在口袋里。这不在我的计划之中，我和小象没有任何计划。

我原本还在担心是否记得小象的长相，但其实她刚刚进入我的视野范围，还只是一小片模糊晃动的光晕，我便认出她来。她的模样和冬天见面时不太一样，穿着不长不短的裙子，头发没有绑着，迎面走来像一把乌黑的小小火焰。步伐飞快，手指上挂着的一串钥匙响个不停，转瞬便来到我跟前。

我们逆流穿过去教学大楼上课的学生，来到学校后门，各自吃了一碗面条。一夜没睡，却都感觉不到疲惫。小象问我想去哪里，我没有什么想法。于是我们坐在排球场边看了好久排球队的训练，然后才穿过草地回到她的宿舍。又是一个晴朗的白天，干燥的青草轻轻擦过我的裤脚。

"当心脚下。"小象在草地上灵巧地跳跃。

"当心什么？"我跟上她的步伐。

"天热起来以后，草坪上就会有前一天晚上留下的避孕套。"小象回答。

天黑之前我和小象在她的宿舍里用完最后一枚避孕套才抱在一起沉沉睡去，再次醒来已经斗转星移。我们在一起待了两天，离开小象的时候，外面温度骤降，我再次穿过草坪，凌晨的露水降落在我的身上，我的心里怀着无限温柔和无限混乱。

　　三个月以后，我和群青考出了驾照。从老谢朋友那里买下一台几近报废期限的桑塔纳。车是从希尔顿酒店淘汰下来的，之前跑了八年的酒店出租，虽然和梦想拥有的吉普越野相去甚远，但开价只要一万块钱，是我们所能负担的上限。而且车被维护得很好，里外看起来都干净体面，后窗遮着干净的白色纱帘。引擎自然是老化了，动不动就温度过高，车里必须常备一箱水给水箱补给降温，但老谢允诺说开上两年没有问题。我们也觉得跑短途拉货足够用了，于是验车之后当即付了款。拥有车以后的第二天，我和群青便打算开车去杭州近郊的服装工厂碰碰运气，顺便在高速公路上拉拉车速，清理引擎积碳，算是为之后去北方跑长途练练手。

　　我们清晨出门去接小象。她早早等在路口，背着旅行袋和水壶。这将是采访的最后一站。我原本以为所谓采访不过是聊一下午的天，结果却从春天一直持续到夏天，小象跟随我和群青跑遍了上海的批发市场。她有种热忱到奋不顾身的劲头，甚至比我们更忘情地投入我们的生活中，以至于所有让我和群青感到疲惫和重复的事情，以她的视角被重新看待之后，又再次具有了意义。

群青向来对我找女孩的审美嗤之以鼻，却意外地和小象非常合得来，毫无防备地接纳了她。我觉得这一方面是因为小象有种能令人敞开心扉的天赋，而且完全没把群青心事重重的性格当回事。另外一方面是因为我和小象并没有能够发展成真正的恋爱关系。我对小象的感情强烈且真实，但在我想要付诸真正的行动之前，她告诉我，她的男友在法国念政治学。他们相处多年，感情坚固，互相支持，约定两年后在巴黎重聚。所以她每周末都去法语培训中心上课，打算去法国念书。我想象过和她恋爱，无数次的，但能想到的场景和事情却都非常有限。我没有受到过良好的情感教育，缺乏勇气，而且目光短浅。但不管怎么说，我和小象成为了朋友，是值得信赖的朋友，也是伤心万分的朋友。

我和群青第一次真正开车上路都争先恐后要握方向盘，又都很紧张，两个人不断熄火和踩急刹车，在市区磨磨蹭蹭，等开上高速公路已经烈日当头。车里的冷气修不好了，不得不开着车窗，一旦提起速来，猛烈的风灌进来把群青的烟灰吹得到处都是，而且发动机的声音与公路的噪音震耳欲聋，只有把音乐的声音也开到最大与之抗衡。而小象兴致高昂，她大声跟着唱歌，朗读高速路牌上面奇怪的美丽的地名。

到了杭州以后，我们沿着钱塘江进了山，山里大片大片的茶树令人流连忘返，我们把车停在山腰处，顺着溪流的方向走，在茶林深处遇见一间小庙。庙里的气氛平静温和，有两棵挺拔的银杏，有香火，但没有人的踪迹。我们被一种少见的心情驱使，纷纷抽了签。小象抽的是大吉，我抽的是小吉，群青抽到凶。我想看群青的签上写的是什么，但他已经把那张纸扔进香炉里烧了，说这样菩萨才会帮他解决问题。小象的签上说的是宝塔和星辰，我的签上说的是迁徙的鸟。我们也没有看懂，模棱两可，但都把签留了下来。

我和群青第一晚便已经在网吧搜索了杭州所有制衣厂的地址，在地图上做好标记，规划了路线。第二天出发前群青叫我把现金都拿出来，不要全部放在包里。

"那放在哪里？"我问。

"都分散开来，袜子里，裤腰里都塞一点。"群青回答。

"有这个必要吗，又不是在穷乡恶土。"我虽然不服气，也还是照做了，两只袜筒各塞了一卷钱，其余的钱卷在信封里塞进裤腰，有种郑重闯天下的荒唐感。

接下来的两天，我们循着地图分片扫荡，去了十间工厂，却一无所获。于是第四天，我们抛弃了地图，过复兴大桥以后，沿着钱塘江北上至萧山，眼看就要一路追踪到海边，落日前在临海工业区里找到一间工厂，打听下来有一批日本订单的牛仔裤正在加工五金配件。我和群青吸取了之前的教训，装模作样，冷静讲价。这批货的量很小，厂里的人显然没当回事，只想随意将我们打发，给出的要价却低得惊人。我们找机会掏出藏在袜筒和裤腰里的钱，赶在对方反悔之前把货拿下。

然而刚刚返回停车场，便有三四个人大声吆喝着从两个方向走对角线朝我们靠拢。我大脑空白一片，用眼角余光看到群青和小象都朝着车的方向冲刺，于是我也拔腿要跑，却被人从侧面猛踢膝盖和肋骨，滚到地上，下意识地紧紧蜷住身体，以缓冲肩膀和后背受到的重击。好不容易挣脱起身，看见一个人仰在地上，鼻梁歪了，他正茫然地伸手去扶。而群青抡着从后备箱里取出的千斤顶，仿佛青年哪吒。其余几个人见这阵势也颓了下来，垂着手，不再逼近。于是群青举着千斤顶和我一起缓缓后撤，掩护我拾起地上的货，跃进车里。接着群青放开手刹，踩下油门，从未有过地一气呵成，车子剧烈抖动着冲出厂区。

外面暮色降临，空气湿热，群青稳稳地握着方向盘，肩膀笔直，令人平静。小象靠在我身边，手指蜷在我的手心里，像一只休息的鸽子。我们的货都在，一件没少，我们的桑塔纳在关键时刻经受住了考验，自此以后也成为忠诚可靠的老友。我捏了捏小象的手指，想说一句话，但稍稍吸一口气，胸口痛到眼前发黑。

"停车。"我突然剧烈反胃到背脊都汗湿了。

"你别瞎动，要是肋骨断了扎进肺里就完了。"群青说着靠边停车。我原想反驳两句，但打开车门便立刻吐了，吐的时候太痛，只能吐一会儿，休息一会儿，靠在座位上小心翼翼地喘气，再继续吐。群青下车抽烟，见我吐得差不多了，便点了根烟，猛抽两口以后递给我说，"抽几口，会好受点，能镇痛。"我浅浅抽了一口，适应以后又抽了好几口，烟雾进入身体以后，不知是不是心理作用，痛感真的退去一点，至少又能开口说话了。

"刚刚那几个人是怎么回事？"我问。

"不像是厂里的,没准是当地黑社会。"群青说。

"黑社会来弄我们干嘛,我们就拿了这么点货。黑社会那么小气啊。"我说。

"我觉得那几个人多半是搞错对象了。"小象说。

"那你说我们都心虚跑什么呢?"群青说。

"任何人碰到这种情况都会想要跑吧!"小象说。

"你在日本没少打架吧。看你刚刚那架势,不是我们美校的作派。"我问群青。

"装装样子,现在虎口还是麻的。"群青说。

"我至少为采访贡献了精彩的结尾。"我说。

"我觉得我们永远也不会知道这个结尾到底是怎么回事。"小象回答。

"要是按照电影情节的发展,刚刚那个人被群青打死了,我们在这里抛下车告别,各自消失在荒野,永远不会再相见。"我说。

"你别胡扯。那个人不会死的。而且这里是杭州,也不是荒野。"群青说。

"别那么严肃。哪里都可以是荒野。"我说。

"那天你抽到的签到底说了什么?"小象问群青。

"你真的相信这种东西?"群青问。

"就是因为不相信所以才问你啊。"小象说。

"但我也没太看懂,就说了螳螂啊黄雀啊之类的。"群青说。

"螳螂捕蝉,黄雀在后吗?"小象问。

"原话不是这样,但差不多就是这个意思。"群青说。

"真够无聊的。"我说。

"是啊。真够无聊的。"小象说。

"你花了那么多时间在这个采访上到底值得吗?"群青问小象。

"当然值得。你们等着瞧。"小象说。

"这种虚无的事情,你怎么能那么确定。可真羡慕你。"群青说。

"再给我一根烟吧。"我问群青。

"我的烟快没了。"群青说。

"我还有薄荷糖你要吗?"小象问我。

"我们现在在哪里?"我问。

"不知道,但我们一直顺着钱塘江,再往前可能就是入海口。"群青说着拿出地图。我们凑在昏暗的顶灯底下琢磨许久,对照工厂的位置和行驶的方向判断,我们所处的位置在海宁观潮台的对岸,这时天已经彻底暗了下来,没有月亮,也没有潮水。

"我们要是在这里不走,讲不定能看到巨浪。"我说。

"哪来的巨浪?"群青分给我一根烟。

"不知道,潮水是行星之间的引力造成的。"我在胡说八道,我觉得我的脑子摔坏了。

"操,油灯亮了。"群青说。我没搭理他,找出烟盒里最后一根烟。车门全部打开着,但是车一停下来就没有风了,密密麻麻的蜻蜓在低空盘旋,仿佛近处就将有一场风暴。而小象带着她的傻瓜相机跑出很远,闪光灯在黑暗里打出的光晕在我的视网膜上停留了很长时间。

这一趟回来,我断了两根肋骨,轻度脑震荡,有阵子往右侧翻身就会头晕。因为必须在家里静养,吃喝全部依靠父母照顾,持续了一年多的谎言终于说不下去了,意志力也已经瓦解,便干脆从香港公司遣散说起,直到在杭州工厂被打,全部都告诉了家里人,中间一度说得情绪激动,却不敢停下来,怕一旦停下来,那股劲头就消失不见。说完以后,后背发凉,等着家里大闹一场,但好久都没动静,回过神来,发现我妈背转身去,正轻轻擦去眼泪。弄成这样我特别难受，差点也要落泪。

之后老谢不听劝阻非要来探望我。酷暑天，抱着一只西瓜从地铁站走到我家，又爬了几层楼梯，一身臭汗站在我家狭小的客厅里，像退潮以后搁浅的海豹，满身泥沙。我父母本来就怀着对个体户的偏见，不太待见我那些所谓社会上的朋友，老谢横冲直撞的模样无疑印证了他们的疑虑，于是他们冷淡地打过招呼以后就回避了。老谢自己浑然不觉，放下西瓜以后，从包里掏出一套《战争与和平》说是给我解闷。之后他情绪激动，绕着沙发前言不搭后语地说了一堆，概括起来就一个意思，我和群青出名了。

"什么意思？怎么出名了？"我莫名其妙的。

"你们两个傻逼堂而皇之闯进外地黑工厂拿货。械斗之后抢了一批牛仔裤回来。"

"是不是群青跑你那里吹牛去了。械斗个屁，是个乌龙罢了。"

"报纸上登了啊。专题大报道，厚厚一叠。"

"今天出刊了？那你给我带报纸了没？"

"哎。我把这正事给忘了！"

尽快把老谢打发走以后，我缠紧胸托去楼下溜达了一圈，第一间报刊亭说这期是创刊号，送赠品，已经卖脱销了，第二间报刊亭还剩五六份，我只买了一份，我为小象高兴，希望有更多人能买到剩下的。报纸出乎意料地厚，小象的文章是特刊头版，我站在路边迫不及待地翻到那一页，是一张占据了半个版的黑白照片，我们泊在观潮台对岸时小象跑出很远去拍的。画面里没有我和群青，只有车门全部敞开着的桑塔纳，以及我撑着车框，夹着烟的手。天将暗未暗，我们的车像一台搁浅了的飞行器。周围的风景虽然被定格，却仍然给人瞬息万变的印象。这是整篇报道里唯一的照片，而文章本身竟然占据了接下来的整整六个版面，我明白了小象说等着瞧的意思，这几乎是抗洪救灾级别的报道了吧。

回到家里，我平静了一会儿才开始读这篇文章。读完以后又回过头去，把重要段落重读了一遍，反反复复读了好几遍。里面全部的事情都是我和群青经历过的，我们不断移动，在各种交通工具上，从浦西到浦东，从长江流域到华北平原，带着一点点的钱和可有可无的决心，游荡在批发市场铁皮大棚闷热的通道间。

文章的结尾，没有人消失在观潮台对岸的荒野，小象转而描述了之前一个普普通通的凌晨，我们从浦东江边的仓库出来,珍惜春天仅剩的几个夜晚,没有着急回家,反而往纵深处越走越远。周围的一切都是新的,刚刚浇灌的道路甚至还没来得及命名,我们有一搭没一搭地讨论大陆的尽头是什么,便来到了尽头。那里是一个通宵开工的地铁工地,冷光灯像好几枚巨大的人造月亮,不见人影,但是机器全力运转,一根根直径惊人的管道将那里的泥浆源源不断地输送到卡车上,再运送出去。我们无所事事,在吞吐的轰鸣声中看得如痴如醉。直到灯光熄灭,机器一部接一部地停止运行,天快要亮了,从公共绿地里跑出来一大群觅食的猫,轻轻穿过马路。

"这里为什么会有那么多的猫?我问他们。而群青摆摆手说,不是我养的。"

文章至此结束了,最后的署名是——消失的象——就好像我和群青以及作为第一人称叙述者的小象虽然没有消失在荒野,却依然在奇异的氛围中消失在了时代的这一边。我想起在采访持续的这三个月里面,很多个夜晚,我们三个人从地下城走出来,季风潮湿柔和,我们行走在延安路高架桥底下,如同行走在沉默的鱼腹下面。我极其想念小象,回过神来,拨了她的电话。

"你写得真好。你把我们写得像堂吉诃德一样浪漫。哎。"我说。

"那你为什么还在叹气。"小象说。

"因为在所有浪漫的事实中,你还是漏掉了关键性的一项。"

"不可能。你说说。"

"我们会开手动档,持有货车驾照。是不是大浪漫,还有比这更浪漫的吗?"

"哈哈哈哈。"小象的声音始终确定,无论如何都不会消失。

一个月以后,我胸侧和背后的淤青已经愈合,老谢帮我挑了一个良辰吉日返工。等我回到地下城才意识到老谢为什么说我和群青出名了,我不得不对着各种人,把事情的经过讲了一遍又一遍,渐渐的那段经历对我来说,便成为了他人的冒险。正逢迪美地下城新一轮扩张,成为时髦大学生和年轻白领的乐园,周末总有记者来这里捕捉浪潮的走向。似乎想要赚钱,便总能找到捷径。这样天时地利人和,我们档口的现货第一次被彻底卖空了。我和群青因此决定把去山东跑货的计划提前。

我们不在档口的时候雇了老谢的远房表弟帮忙。表弟十九岁,蓬勃开朗,前一年高考失利,不想复读,也没有正式去混社会的决心。家里情况不错,于是打算送他出国读书。所以他上午学英语,下午来我们这里,周末晚上去酒吧跑堂,和客人练习英语口语。

出发前我们又和那位跑长途的司机师傅见了一面,带着香烟和白酒,算是感谢和告别。师傅爽快地给我们牵了几条服装厂的线,又兴致勃勃传授了一通在路上找小姐的经验,帮我们调整了离合器,最后以昂贵的价格卖给我们一台从广州带回来的新款导航仪。

第一次去山东正是秋天最好的时候,我们计划从潍坊,到胶州,即墨,最后至崂山和青岛返程。每到一个城市,我们都按照惯例先找网吧歇脚,吃泡面,搜索当地的服装厂和市场,标记在地图上并且规划好路线,为了省钱,轮流在招待所或者网吧或者录像厅过夜。因为吸取了之前的教训,进入厂区时我们都小心谨慎,避人耳目,对门卫通通谎称自己是来招工的。最终抵达青岛时,已经过去了十几天。除了导航仪不断导致的方向混乱外,其他一切顺利,约定的货都将在年底前陆续发往上海。返程前,我们去海边看了看,天冷了,海滩浴场一个人都没有,移动更衣间都锁起来了。秋天已经彻底结束。我们踩着湿滑泥泞的沙滩走出很远，死去的海藻被留在砾石里，海面起着湿冷的雾，往陆地移动，流动在植物和楼房之间。

回到上海以后我和群青晨昏颠倒，几乎每天凌晨都去地下城接货。我们和其他几十个人一起，各自等待晨雾中一辆辆来自四面八方的长途货车。天寒地冻的，我们都精神抖擞，如同置身战壕。

十二月底我和群青第二次去山东，走相反的路线，从淄博到济南再到泰安，最终在泰安耽搁了很多天。我们在当地一间小工厂觅到一批日本订单，户外冲锋衣，那个品牌当时还没有进入大陆市场，群青想要把整个厂的货全部买断。这个想法在我看来匪夷所思，我们的策略始终是小批量走货，保持更多选择的自由，也不至于被利益压垮。群青的突然冒进令我感到不安，彼此无法妥协。我认为群青利欲熏心，他认为我随波逐流。

第二天清晨群青便出门了。我醒来发现他的旅行袋不见了，手机关机，我去停车场一看，他把车开走了。操你妈，群青。我以为他已经一走了之，于是去附近的火车售票处查了一下当晚回上海的火车票，走到半路开始下雪，我冷静下来，回到招待所，意志力也随之消失殆尽。

然而接近傍晚的时候，群青推门进来。

"我去爬泰山了。"他放下旅行袋，拍去身上的雪籽，仿佛远方来客。

"泰山？"这真是他妈的出人意料。

"一上山就开始下雪，我坚持了一段，没有要停的意思，见势不妙赶紧折返了。"

"还在下雪吗？"我起身来到窗边。

"好大啊。"群青回答。

"我一直在想拿货的事情。"

"你怎么想的，我觉得你要是实在不同意——"

"不是这样。可以都拿下来。但是想想去年这个时候。"

"我们像野狗一样从一个仓库到下一个仓库。"

"我就问你，你没担心过眼下的一切都会消失吗？"我问他。

"当然都会消失啊，不然呢，建成一座纪念碑吗？"群青头也不回地回答。

晚上我们勉强找到一间没有打烊的饭馆，喝了不少白酒，出来的时候已经是漫天暴雪，我从没见过这样的风景，被强烈震慑，想着纪念碑的事情，又一个人在无序混乱的大寂静中走了很久，才愿意回头。两天以后雪彻底停了，空气清澈寒冷，高速公路重新开放。我们清理了车身的积雪，用热水浇灌冻住的雨刷，离开泰安之前先去了那间工厂，一路沉默，交付了全款订金，拿下整个厂里的货，然后联系老谢，问他临时租用在虹口的仓库。

回程途中，高速公路的积雪已经被清理，堆在护栏两侧，冻成连绵的灰色冰原。一路上看到好几起事故，追尾的，侧翻的，调了个头撞进护栏的，司机们缩着脖子站在外面的积雪里等待救援。我们像极地中的破冰船，筋疲力尽地龟速行驶，精神紧张到不敢打开收音机。直到驶出了积雪的区域，风景瞬间开阔，两旁是冬天的山和冻住的湖。我们的车虽然无法制冷，却能放出十足的暖气，群青突然精神起来，一脚油门踩到底，我们似乎在重力加速度中穿越到了虫洞的另外一侧，周围都是，飞艇的残骸。

回到上海，圣诞节已经结束，于是我和小象说好一起跨年。市区的交通从下午起便瘫痪了，所有人都想在这一天终结旧的事物，我也一样。从一个地方缓慢移动到下一个地方，经过高架，隧道和桥，电台里播放着冬季的热门金曲，主持人不断接听打进来的热线电话，互相高高兴兴地说着美好的愿望。马路上的年轻人都精心打扮过，穿着靴子，戴着贝雷帽，去和喜欢的人见面。我的心里也不免流动着极为温柔的物质。

到小象办公室的时候，她正挣扎着从行军床上爬起来，毯子还保留着半个人的形状，她嫌碍事地把头发全部绑在头顶，戴着眼镜，套头衫从领口到胸口都是脏的，像是已经在办公室里住了很久。我从没见过比小象和她的同事更疯狂热爱工作的人，他们的办公室二十四小时都在运作，备着折叠躺椅，睡袋和各种生活必需品，如同夏令营地。

时间还早，小象让我稍等片刻，她要把手里的校对稿看完。她的二十一世纪浪潮项目还在继续，关于我和群青的采访文章让她在报社获得了年度奖励，也获得了更多支持和自主权，包括可以调用的摄影记者。这段时间她都在追踪一个本地乐队，我因此也跟着她看了好几场演出。乐队还在自我塑性和调整阶段，整体气质摇摆不定，既愤怒炽热，又柔软放浪。成员的数目也说不好，少的时候两个，多的时候五六个。主唱是体育学院的学生，国家一级运动员，不会乐器，但一心想做乐队，想成为帕蒂·史密斯那样的人，在台上的能量和嗓门都很大，跳起舞来像悬崖上的羚羊。小象毕业以后便和她一起合租了一间旧公房，在五角场附近的教师小区里，走路就能去排练房。大开间带阳台，窗边和门边各摆着一张床，中间用桌子和沙发隔开，装着极其吵闹的窗式空调。她俩都不收拾房间，衣服在椅子上堆成小山，地板缝里全是朋友们通宵畅谈留下的烟灰，锅碗瓢盆和唱片书籍一起摆得到处都是，硬币一旦掉在地上，就别想再找到。

但我和群青都挺爱去那里的，每次赚到钱了就从超市买一堆吃的过去找她们涮火锅。配菜都是群青弄的，要不是见他利利索索地切葱花和剁蒜泥，很难想起来他在日本餐馆里打了好几年的工。乐队的其他成员也会带朋友过来，多的时候十几个人，都端着碗坐在地上，有的人还得合用一只碗或一双筷子。这样从头到尾吃上好几个小时，电闸跳两三次也影响不了大家的兴致。有一次散场以后，小象在电脑键盘底下找到五百块钱，我们分析下来这笔钱肯定是有人故意留下的，估计是发了笔横财，便想帮助一下这里贫穷的朋友们。

小象递给我一些过期的报纸，于是我坐在行军床上边看边等她，毯子像小动物的窝一样热烘烘的，床脚放着她的法语参考书，厚厚一叠，每本上面都是无数标签和折角。她已经完成了法语考试，我没有问她成绩，但不用说，她可以通过世界上任何一场严苛的考试。我把那些书整理好，挪到一边，胡思乱想着睡着了，被叫醒的时候是晚上九点，小象已经收拾好了东西。她穿着快要拖到地上的大衣，戴着绒线帽。走出门外，像很久没呼吸过新鲜空气的人那样，打了一个寒颤。其实天气回暖了，我们开车穿过淮海路，马路上有种纸醉金迷的气氛，巨型的广告牌和霓虹灯全亮着，以至于我们关了车里的暖气，打开车窗。空气又潮湿又暖和，像是春天提前到来，小象把胳膊伸出窗外，来回摆动，轻抚着风，直到开进隧道。

"我在报社做实习生的时候，跟着师傅做的第一个采访就在这里。"小象说。

"隧道里吗？"这里开始堵车，前面亮着无尽的尾灯。

"是啊，当时还只造到一半，正深入水下。我们戴着安全帽，跟工作人员去到水底的工地。工作人员讲解了盾构法的建造技术，但我没听进去，完全被这里深邃的气氛迷住了，感觉空气的密度和振幅都和外面不同。"

"哪里不同了？"我摇起车窗，外面都是废气。

"现在不行。现在感觉不到了。我也再没感觉到过。"

"到底是什么感觉？"

"那时觉得前方阻断的淤泥被渐渐清除之后，通往的不是江的对岸，而是其他地方。"

"其他什么样的地方？"

"你从来没有考虑过去其他地方吗？"小象问我。

"我不是刚从其他地方回来吗，还遇见了暴风雪。"我没有回答她的问题，更为专心地踩着离合和刹车，向前挪动。我们的头顶究竟是黄浦江的哪一段，我尽力想象其他地方，想象四壁的混凝土和越来越浑浊的废气外面都是无尽的水和平静的浪。而我们的车已经缓缓沿坡道驶出了隧道，遗憾的是，外面虽然起着雾，楼群的分布一如既往，是我见过无数次的江的对岸。

我和小象去了浦东一间现场酒吧和乐队的朋友们见面，他们在那里做暖场演出。因为在路上堵了很久，到的时候他们已经演完了。那个地方是很早以前的防空洞改造的，一半沉在地下室，要走过一段楼梯和一段又长又曲折的走廊。里面空气浑浊，两面墙上贴满海报和照片，舞台跟前的方寸之地挤满了人，撞来撞去。我们在后台的休息室里找到其他人，他们正好叫了盒饭，于是我们坐下来一起吃了迎接新年的晚餐，互相祝愿新年快乐。

但我们都没能在那里坚持到零点，外面演到一半的时候，消防接到投诉，过来拉掉了电闸，于是所有人都挤在狭窄的楼梯里往外涌，几乎每个人的手里都捏着烟，确实快要烧起来了，但是井然有序，也没有人感到危险。好不容易走到外面，干净清澈的空气一下子涌进肺里，氧气饱和到头晕。门口围着很多人，都不甘心就此散去。在这种地方我总会想起歌友会的老朋友，但其实压根没有相像之处，全变了，过去那种压抑的气氛早就荡然无存，我也不知道那些在学生活动中心门口抽烟的青年后来都去了哪里，来到二十一世纪以后，他们成为了什么样的人。总之我再也没有见过像他们那样郁郁寡欢又彬彬有礼的人了。

晚上主唱要去男友那里过夜，我便和小象一起回到她那里。房间里比外面更冷，我们下载了一部电影来看，但小象在办公室里住了两天，特别累，很快就睡着了。于是我把电脑调成静音，独自看完了下半部。窗外传来庆祝新年的焰火声，像来自远方的炮火。接近清晨的时候，我做了极度混乱的梦，在梦中无声地大哭，继而惊醒，伸手在真实的世界中摸索，小象仍然在我的拥抱中，我抚摸她的脸，却惊慌失措地摸到一手真正的泪水。

新年里我和群青都不打算休息，元旦第一天便去市场找老谢，看见批发大楼门口拉着警戒线，漩涡状的人群正在向外疏散。我以为又是群殴，见到老谢以后才知道，是有人爬到大楼顶上跳了下来。二楼东北帮的，我和群青也有点印象，平时穿得珠光宝气的，专卖韩国衣服，二楼连着好几个档口都是他的。去年开始不做外贸了，直接从韩国拿版过来找工厂做假货，胆子肥了，货都是用火车皮装的。结果有一批货被对手抢版先做了出来，导致他这里大批货物积压，资金链立刻断了，借了高利贷，垮掉的过程有如一场雪崩，没能撑过年底。

"我得去庙里拜拜菩萨，新年第一天怎么那么不吉利。"老谢说。

"你太迷信了啊。"群青说。

"你们完全捕捉不到风向。没听消息说襄阳路的市场要拆了吗？"老谢问我们。

"听说了。但没那么快吧。"我回答。

"事情都会有连锁反应。这里的台费已经翻了两倍不止。你们的档口签了多少年?"老谢又问。

"我们签到北京奥运会,还早着呢。谁知道到时候是什么情况。"我回答。

"是啊。讲不定我们半途就发财了。"群青说。

"你说赚到多少钱算是发财?"我问他。

"一百万?"群青说。老谢嗤之以鼻。

一百万究竟是多少,我和群青心中都没有概念,然而周围的事物正在不可避免地经历一场缓慢的持续的地壳运动,塌陷,挤压,崛起,我们身处其中,不可能察觉不到。租约到期的摊主撤走一批又一批,随即便填补进来新的,从未有过断档。我们眼睁睁地看着造假体系的建立和扩张,乌泱泱的假货带来乌泱泱的人流,每到周末,长途大客车拉来四面八方的旅行团。"以前这里不是这样的"——我和群青都试图向表弟描述地下城的光辉岁月,但其实没什么可说的,那根本称不上是光辉,只是更贫穷,更混乱和更诚实。倒是表弟在这里交到了不少朋友,打烊以后他和他的朋友们一起去滑冰或者去KTV。他还确信自己见到了谢霆锋。

我和群青都不愿在地下城里待着，觉得那里乌烟瘴气，于是等北方的积雪融化得差不多的时候，又或长或短地，跑了好几趟山东。一方面为了拓展货源，寻找新的方向，免得在地下城同流合污。另外一方面的原因主要在我，我以最愚蠢的方法逃避与小象的告别。在外面待的时间最久的一回，我们在菏泽的一间小厂订下一批冬天的防寒风衣后，离开山东边境，前前后后总共游荡了将近三个星期。原本只想沿着黄河往西行驶一段，而水域逐渐开阔，大片大片的水鸟突然从栖息地起飞。我们下了国道，走地图上没有的小路，中间不时停车，撒尿，抽烟，望野。我没提回程的打算，群青便也不问，两肋插刀，一路奉陪。住招待所，找网吧，泡公共澡堂，不知不觉已经来到黄河转角。在那里的水库遇见一群游野泳的老人，送给我们一袋煮好的玉米，又指点我们去附近山里看瀑布。

　　进山之前，我和群青前后收到表弟发来的短信，两条短信一模一样，"老谢有事，速速回电"。但我们看到的时候手机已经没信号了。是座小山，荒蛮迷人，昆虫齐鸣，穿过几片荆棘以后已经能听见激流和岩石的碰撞声。但我们心神不定，惦记着老谢的情况，决定不再深入山脊的背阴处，转而朝平坦开阔的地方走，寻找手机信号，结果一路走到公路旁边才接通了表弟的电话，表弟在那头颠来倒去地告知，老谢被警察带走整整一个星期，档口也被查封，现在不让联络，具体情况还不清楚。

"什么叫具体情况还不清楚啊。"群青又拨了几次老谢的电话，当然不可能接通。

"别打了。现在就回去。"我打断他。

"你说老谢干什么了？"群青问我。

"他能干什么啊？"

"嫖娼还是吸毒之类的，都不像是他会干的。"

我们瞎琢磨了一阵，回到车上。按照地图和路标指示的方向开上高速公路，开始折返。因为怀着坚定的决心，一刻都没耽误。夜深以后的公路上都是跑长途的重型货车，像梦游的幽灵，彼此拉开很长的距离，远光灯的范围内都是寂静。我和群青在休息站买了几罐红牛，轮流开车，另外一个人也不敢睡着，大声放着最吵闹的音乐，大声交谈，尽量不打扰地穿梭在那些幽灵之间。

"你知道黄河的尽头在哪里吗？"群青问我。

"在哪里？珠穆朗玛的雪峰吗？"

"我也不知道。你就没想过这个问题吗？"

"没想过。我一点也不想去那里。你呢？"

"我想过啊。但我想的是，我们的终点无论如何也不会在那里。"

十几个小时以后，我们从内环转到延安路高架，清晨，下着雨，空空荡荡，展览中心尖顶那颗黯淡的红色五角星出现时，便预示着下一个岔道口我们即将返回的现实。

我们刚出菏泽没多久，老谢便出事了，被扣在拘留所审着，一审审好多天，像个要犯似的。后来弄清楚事情原委，是有个浙江帮的小子背后插刀，那段时期全市批发市场都在打假整治，那小子趁此形势举报老谢走私。老谢稀里糊涂被人盯了一个月，两车渠道不明的货栽在警察手里。警察顺着老谢的线索，端掉了一整条运输链，牵连不少人。

老谢十五天以后被放了出来，但意志消沉，不愿见人，不接电话，也不回复任何短信。从表弟那里辗转传过来的消息说，家里托了很多关系找到一个被追债的人替他顶罪。到了老谢这里已经算是运输链的最末端，轻轻判了八年。说好的价格是一年十万，但对方家里有小孩和老人，于是老谢送去了全部积蓄，我们都不清楚那一共是多少钱。我和群青去批发市场找过他几次，他的档口始终贴着封条，不出一个月再去看，便易主了。浙江帮那个小子我们都认识，是一个面容苍白，尖嘴猴腮的青年，在防火楼梯抽烟时碰见，还聊过两句。应该也是一个棋子罢了。老谢出事以后，他在市场里也待不下去，突然间销声匿迹。

之后表弟的父母也不敢再让他晃在社会上，把他送进全日制的英语补习学校，着急送他出国。我和群青在这种形势下当然没有挽留，除了结算清楚他的工资之外，还额外给了他一个红包。之后如果他真要出国，足够他买一张价格合适的往返机票去任何地方。这一年地下城有人一夜暴富，就有人一夜退场，金钱的味道不再是比喻和想象。我所认识的时代冲浪手都已经不知不觉地消失在了白色泡沫里，而我和群青没有被席卷而走，不是出于我们的头脑或者野心，只是因为尚存一些好运。

等到老谢终于露面，天已经凉了。这期间我和群青奔波于仓库，批发市场和地下城，一天都没休息过。所以老谢来找我们，我们决定无论如何要一醉方休。

我在延安路高架下面一路小跑，大老远便看到老谢站在涮肉店门口。寒流突袭，他穿着皮夹克，戴着帽子，面容严肃，像个保安。我想起来我从没见过他严肃的样子，但他严肃起来也一点都不威严，甚至有点可笑，还有点可怜。因为太久没有见过他，我们彼此都挺不好意思的。涮肉店门口摆着烧热的炭，火星一阵一阵地无序飞舞。老谢不知怎么的伸出手来，于是我们郑重地握了握手，他的手干燥有力。我这才看到他的脸上，我以为是灰尘，其实是文了一颗空心的小小泪珠——"操。真浪漫。牛逼啊老谢。"我说。

我们三个人都怀着没有明天的决心喝酒，喝得地上都是啤酒瓶和黄酒瓶，被炭火的热气熏得神志不清，频频举杯共饮。

"我要去结婚了，祝福我吧。"老谢突然像要去赴死一样地告诉我们。

"别闹了。"我说。

"说真的。我要结婚了，我要离开这里，再也不会回来。"老谢说。

"你什么时候有对象了？"群青问。

"我们在 eBay 上认识的。我把我那些宝贝都卖了。"老谢说。

"都二十一世纪了你竟然还玩网恋。"群青说。

"你把那些衣服都卖了？"我问老谢。

"卖了。阁楼里面那些衣服全都卖了，但你放心，杂志和碟片我都为你留着，全部转移到你们在用的那个仓库里。仓库那边我预付过租金，现在还剩下几个月，到时候你们可以续租，要是不想再租了，我的东西卖了也好，留着也好，随意处置就行。"老谢说着说着真的严肃起来。

"发疯了。你不打算再回来了吗？"我问。

"我做这行十几年，没有回头路。既然想好要走，就不会再回来了。"老谢说。

"你要去哪里？"群青问。

"我对象在悉尼。"老谢说。

"你会说英语？"我问。

"操。"老谢说。

"无论如何你的东西我们都会给你留着的。"我说。

"不用了。我不会再碰那些东西了。我的前半生，都在幻觉中。"老谢缓缓说。

"谁不是呢。你能确定你的后半生就能摆脱幻觉吗？"我想到那些衣服心都要碎了。

"我本来想不辞而别的，再也不见任何一个老朋友。但我还是不够酷。"老谢说。

"我们能找到浙江帮那小子。"群青说。

"都到这个地步了。找不找都不重要。"老谢说。

"你这个人啊,还说什么幻觉,你真是一个大傻逼你知道吗。"群青说。

"哈哈哈。行吧。我是一个大傻逼。"老谢说。然而他前一秒还在笑,后一秒便泪流满面,"那我们在世界上的其他地方再见吧!不见也行。"

"那好。"群青说。

"不见也行。"我说,说完便转身吐了。

恢复意识以后我已经身处医院的输液室,第二袋生理盐水快滴完了。我努力回想几个小时前的事情,老谢的眼泪,我们的交谈,最后我一屁股坐在树下,不愿再站起来,留下手掌的挫伤和额头的乌青,无论如何,记忆的一小片区域已经埋入泥沼,不会再现。然而输液室里暖气十足,护士不见踪影,群青和老谢却都没有离开,在旁边的长凳上睡得四仰八叉,轻轻打呼。我找不到手机,也不清楚时间过去多久,但我一点也不想叫醒他们。我仔细想着老谢和我们告别的话,那些话啊,我一个字都不会去相信。但我知道他要去解决自己的问题了,今天过后,我再也不会见到他。

老谢具体是哪天走的没有告诉我们，之后我和群青去整理仓库，把他留下的东西都封箱保存了起来。而去年从泰安厂里订回来的那批冲锋衣原封没动在仓库里放了将近一年，终于赶上应季的销售时间。由于数量庞大，群青顺势提出，我们可以趁此机会在淘宝上试水。我对网络销售向来提不起兴致，觉得不够老派，也不够古惑仔。但是群青两年前便已经注册好了账号，早已有了跃跃欲试的启用打算。

网店的事情上，我们尽力而为，却没有怀着任何期望，然而经历了缓慢的销量爬坡之后，竟然每天最少也能卖出去三十来件，巅峰时能达到一百件，远远超过在档口的零售。我们总结下来，一是出于季节需要，二是我们前前后后在美校和广告公司学会的东西用在页面设计上绰绰有余，三是我们赶上了网络销售的第一波红利。两个月以后，账上总共多出十万块，以前摸爬滚打得到的任何一笔收入都比不上。这个数字过于不真实，以至于我和群青都感到必须庆祝一下，才能克服强烈的虚无感。

然而我们从来没有庆祝过，我和群青的人生中似乎都从未出现过任何值得庆祝的事物。在过去的三年里更是已经习惯了最低能耗的日常生活，像是一场漫长的锻炼，在物质与精神上始终保持着相对贫穷的状态。我们不知道该如何庆祝，也不知道该去哪里庆祝。

星期五晚上我们叫上了小象和主唱，一起去了外滩江畔的楼顶酒吧。谁都没去过，是从购物指南杂志上找到的。因为要去好地方，每个人都穿上了自己喜欢的衣服。置身于陌生的昂贵的事物之中，来自于地下城的风格格格不入，但我们自由自在的，并没有因为自己和其他人不一样而感到拘束。酒吧有宽阔的露台，正对江面，刮着料峭的春风，很冷，烧着一盏盏煤气灯，大家都围坐在蓝色的火苗底下，脸被烧得又烫又红，喝了一轮又一轮的酒。这大半年来我狼奔豕突的，忙得跟狗一样，而小象申请好了法国的学校。我们因此很少再单独见面，两个人都克服着自己的脆弱，将情感的需求奋力限制在友情范畴之内。小象剪了很短的头发，像是在做非常具体的出征前的准备。我总能被她心里常存的坚定所打动，此刻变得更为强烈。

"我们打算春天去北京。"主唱说。

"又去演出吗？"我问她。

"这次不是演出，是搬去北京。这一年里去全国各地参加了好几次音乐节，认识了不少乐队的朋友，大家都想往北京跑，都说好了，也都鼓励我过去。北京的能量场真的特别厉害,每次从那里回到上海,都像是做了一场春秋大梦。"主唱说。

"那是下了很大的决心啊。"我说。

"都打算好了吗?"群青问。

"打算好了。有朋友在通县乡下租了一个大院子,还空了两间平房。我在那里住过,他们吃住排练都在一起。我打算先在那里住一段时间。"主唱说。

"你男朋友呢,和你一起去吗?"群青问她。

"分手了。你们没看出来我很痛苦吗?但我不能被这种东西打败。"主唱说。

"到北京了再另找,鼓楼东大街遍地都是玩乐队的男孩。"我说。

"小象也和我一起去啊。你没告诉他们吗?"主唱拍拍小象。

"我还没说。之前不是一直没能决定时间吗。"小象打断她。

"去北京?"我的血液瞬间涌向大脑,手脚发麻。

"你去北京干嘛,你也组乐队?"群青问小象。

"报社的师傅调去了北京的新闻杂志,我决定跟他。我一直想当调查记者,北京的杂志辐射面更广一些,可能有更多伸展的空间。"

"你不去法国了？"我打断她。

"不去了。"小象回答。

"不是都申请好学校了吗？"我不自觉地提高了声音。

"申请好了。但我决定放弃了。"小象尽量平静地回答，仿佛在安慰我，而我分不清自己是混乱还是难过。

"你们两个真太突然了。北京有那么大吸引力吗？"群青说。

"你们不也去过北京吗，那里的氛围在这里永远也不会有。"主唱说。

"我理解。在这里永远也不会有。"我说。

酒吧打烊以后，我们穿过马路，来到清晨的防波堤，庞大的货轮从晨雾中驶来，每个人身上都罩着薄薄一层水汽。我们像是身处无边无际的梦，轮流传递着剩下的最后一根烟，小象递给我，我珍惜地抽了一口，又递了下去，轮了两圈。星星在冷冷的光线里逐渐消失，出租车在我们身后排队等待着，而司机都站在外面抽烟，一点也不着急，任由我们继续待着，什么都不做，连烟都抽完了。

"抱歉我没有事先告诉你。"小象坐在我身边。

"别这么说，我没那么小气。"我安慰她。

"当时你从北京坐火车回来，在车上，我们打了一晚电话。"小象说。

"我记得。"

"等我坐火车经过长江和华北平原的时候会告诉你。"

"你也别忘了。"

"我以后讲不定会后悔至极。"小象说。

我想说那你随时都能回来，但没有说出来，我并不希望她真的回来。当时我们身处的世界里连一件大事都还没有真正发生过，但我知道在之后漫长的时间里总会发生，到那时，小象只会步入世界震荡的深处，越去越远。要说我感到难过，那是因为我们即将告别，却并没有真的在一起。而此刻，对岸的天空笼罩着水雾和早春粉红色的光。小象坐在我身边，一如既往地清晰，确凿，尚未消失不见。

我们的庆祝才刚刚结束不久，外贸市场便发生第二次巨震，襄阳路市场确定了整体拆迁的时间，并且发出公告，随之产生的连锁效应导致地下城档口租金再次急剧上涨，相比三年前翻了四倍不止。从襄阳路涌入一批实力雄厚的摊主接手了半边地下城，抹去了这里最后一些浪漫和无序的气象，行业内不正当竞争白热化，从此成为真正的角斗场。我们的档口处于激流中如一粒小小顽石，所幸我们还剩下两年合约，以及几条长期且稳定的货源。因此收到租约到期通知时，我和群青理所当然都认为是搞错了，完全没有放在心上。

直到台主本人找上门来，一看，根本不是当初和我们签合同的那个人。一番交涉以后才弄明白，三年前将档口签给我们是二道贩子，如今租金水涨船高，而且随着地下城的版图不断扩张，我们的位置竟然在格局的迁移中渐渐占据了中心地带一隅，导致附近板块几个制假的帮派都在打着吞并的主意。台主是温州人，看似客客气气和我们商量，实际已经和接盘的下家有了协议，完全没有给我们留下余地。

我们负隅顽抗了一阵，然而这期间卷帘门两次被撬，货物没有失窃，却遭损坏。管理员置若罔闻，二道贩子联络不上。我尚且怀有鱼死网破的傻逼决心，但第二次恶行发生之后，群青联络了台主，谈拢了价格。一周过后，台主约我们在附近银行见面，现取了十万块钱给我们，算是违约赔偿。事情的发展过分迅疾，令人来不及做出任何情绪上的反应。

从地下城撤走的当天，气象预报挂了热带风暴预警，外面飞沙走石的，地下城里却仍然挤满放暑假的学生。暴雨在午后降临，滞留的人只能等待风暴转弱或者过境，好几个档口放着粤语怀旧金曲，竟然涌现出些许昨日重现的伤感气氛。但排水系统很快就不堪重负，地底开始渗水上来，于是大家又从无所事事的状态中纷纷惊醒，恢复了各自为阵的面貌，从漫起来的大水中抢救货物。

然而没有任何东西值得我和群青去抢救，我们留在这里的大部分货物，连带着情感，本来就已经毁坏了。于是我们坐在浸水的纸箱上面，无动于衷，看着其他人众志成城，用防火沙袋徒劳地阻拦正从地底泛起的浪。而群青当着管理员的面，点了一根烟。

暴雨在傍晚终结，档口整片整片陷落，大家停下手里的动作，停留在水里发呆和叹息。外面的马路也被淹了，车困在漩涡里，没有交警，于是司机们自己下车疏散，有几个还穿着睡衣，流浪的狗湿漉漉的，都像从一场梦游中醒来。一年里白昼最长的日子已经过去，接下来，暮色将一天比一天提早降临。但是空气干净，流动着深邃的泥土清香，折断的大树横倒在地上，树叶和断枝堵塞了下水口。我和群青光着脚，蹚水走出地下城，原本想带走的东西一样都没有拿，至此与这里告别。我们在这里听过不少都市传说，自己却一样都没有遇见。没有见过窦唯，没有见过谢霆锋。我们也结交了一些朋友，却很遗憾，没能在他们消失前发展出任何坚固的友谊。

失去档口使得大部分事情暂时停摆，而我和群青终于得以度过一个暑假。于是群青三年里第一次回贵州看望父母，杳无音讯，直到八月底才返回上海。他已经还清了家里全部的欠款，因此心情轻松，而且在贵州每日爬山，晒得漆黑，精神抖擞。

我们的心情都发生了变化，说不上是沮丧或者消极，但确实有种类似及时行乐的愿望。既不想返回地下城，也不愿入驻批发市场，于是除了保持网店运转之外，干脆打起游击战，每天都装着货物去市场里挨个兜售。要是好运，跑一个上午就全部清空了。而我们两个人仿佛游戏界面里的宝物小贩，行踪不定，无足轻重，不会影响任何一条叙事线的发展，却给他人带去惊喜，同时也收获劳动的喜悦。

年底平凡的一天，我们从仓库出来，去熟识的修车师傅那里给车做保养，顺便把脱落很久的保险杠复原回去，修车铺就在批发市场旁边，于是我们把车放在那里，顺道去市场里面看看行情。刚刚从地下层出来，便看到外面的人仿佛管道里的污水一般，从天桥的方向往市场里涌。我和群青本能地闪开，知道又是一场群架。去年开始，每隔一段时间楼顶和天桥就有人往下跳，还有人跑去更远一点的河边。恶性械斗也或大或小地发生过好几场。楼里不相关的摊主都司空见惯，利落地拉起自己的卷帘门。

我和群青从未见识过规模如此庞大的斗殴，手持钢管的人乌泱泱往里涌，大部分不是市场里的，也分不清到底哪边是哪边，两方面的人进来以后一时都很茫然，盲目地示威。直到赶来的警车警笛齐鸣，仿佛突然吹响的开场哨，两边的人随之自然分出一道空地，对峙片刻以后分成两股洪流，从防火楼梯和电梯往二楼跑，一路打砸。我和群青跟随一小撮群众往外面走，而大楼两头出口都已经被警察封锁住了，不让进出。我们只好回头，找到安全的角落待着，等待风头过去。

"浙江帮那小子。"群青压低声音捅我，我顺着他指的方向，看到消防通道入口站着一个穿着皮夹克的青年，面容苍白，尖嘴猴腮，从自己人的队伍中失散了，握着一把警用手电，倒退着环顾四周。

"操。没看错吧？"我确认了一遍。

"不会错。肯定是今天被他们那伙人叫回来充人数的。"群青说着已经跟了过去，我也紧随其后。我们各自从被捣毁的残骸里捡起一截角铁，握在手里又冷又锐利。

那个人步入消防通道以后，停住脚步，背对着我们，似乎也在彷徨。如果要动手，现在是最好的机会。但我肌肉紧绷，精神崩溃，心脏的噪音让大脑混乱涣散。直到眼睁睁的看着那个人，下了很大决心似的迈出步子往上走，打破了刚刚寂静的平衡。我在意识中已经伸出手去，他却突然大叫一声，往后踩空一步，继而像被子弹打中的大鸟，滚下半截楼梯坐在地上，发出蜂鸣般的呜咽。两个抡着三轮车铁把式的人自上而下，从他身上踩过，冲下楼去。留下那个人，额角到耳朵被抡开了，像一页翻开的书。

眼前的场景过分古怪和血腥，我一步也不愿继续靠近。无论刚才在我心中燃烧着的是什么样的火焰，都已经彻底熄灭。我和群青远远扔开手中的角铁，发出哐当巨响，那个人竟然回头看我们，像是求助，又像是示好。

不出半个小时，整栋大楼已经哀鸿遍野，特警入场，拉网兜人。封锁打开以后，我们穿过废墟，和其他群众排队等待放行，出示和登记了身份证以后，得以离开大楼。外面飘着细小的雪籽，刚刚清过场，四处都不见人影。我和群青走到修车摊，师傅问里面的情况，我们还处于惊愕中，什么都说不上来。师傅递了烟给我们，说我们的车不行了，随时都要报废，别再折腾了，补点润滑油，再凑合帮我们把保险杠复原回去，等过段时间彻底坏了再找他换辆别的——"吉普行吗？"他问我们。我们都不吭声，抽着烟，站在门口等他把车开出来。

"刚刚你有没有动过一丝那种念头？"我缓过来以后问群青。

"嗯。"他回答。

"我们没动手是对的，你说呢。"

"不知道。但我当时想好了，万一我俩真的动了手，不管是谁，都算在我头上。"

"算在你头上是什么意思？"

"作为感谢。"

"感谢什么？"我懵了。

"我打算走了。他们不会再找到我，要是出什么事，我都算是畏罪潜逃了。"

"你去哪里啊？"

"我托关系搞定了签证的事情。"

"不是说回不去日本了吗？"

"不回日本，我要去加拿大。彬彬家里人没有回来的希望了，事情已经定局了。但是她考上了加拿大的学校，所以我打算先过去以后再想其他办法。无论如何，到了那里，我和她就都自由了。"

"你确定那是自由吗？"

"不确定。但我现在是这样想的。"群青回答。

批发大楼周围的路障还没有解除，缴械投降的伤者陆陆续续从里面出来，七倒八歪地排成一排，一直排到大楼拐角，都松了口气似的，大口大口吐着烟。师傅把我们的车开了出来，保险杠用好几层封箱带给重新粘了回去，绑得结结实实。这车早已过了说好的两年期限，但它体体面面，和我们珍惜的每件东西一样，保持着尊严。师傅打开车门说："你们听说里面的消息没？又打死一个人。据说几个核心成员当场抽的生死签去认的罪。我在这里十几年了，这种阵势前所未有，门口那些人处理到现在还没处理完。我告诉你们啊，我们今天在这里也算是见证一个时代的落幕了，自此往后，里面所有的人都要重新考虑接下来的打算。"这话说得挺牛逼的，我端端正正敬他一根烟。

我和群青也重新考虑了接下来的打算。我们中断了进货，计划在他离开之前将仓库里的存货清空。至于那以后，群青让我早做打算，但他不会再参与其中。我一如既往地接受和应允，心里却一片空白。回想起来，那一段时间里，我仿佛置身于一场被动的梦，而这场梦早在我意识到之前便已开始，起点在哪里，自然无法追溯。我并没有因此而感到困扰或者沮丧，相反，我精神百倍，每天在仓库和市场间摸爬滚打。直到告别的前一晚，我们在仓库里彻夜结算账务，做完的时候也差不多该出发去机场了。路上天慢慢亮起来，广播里通宵的音乐节目正要说再见，我想着这些年里，一起见证过四季的清晨，不由有些激动。而群青歪在旁边睡着了，头枕着玻璃，在颠簸中发出轻轻的咚咚声。因为时间还早，我把车停在机场高架的岔道口，摇下车窗抽了一根烟。冷风灌进来，群青醒来打了一个寒颤，茫然四顾，问我，"到哪里了？"

"到机场了。"我告诉他。

"我梦见我们在高速上，出口全封了，我们经过一个又一个山洞。"

"这像是现实,不像是一个梦。"我说。

"嗯,这像是一场历险。"群青说。

将群青送走以后,我回到家里关起门来,大睡一场。醒来以后翻出老谢当年大老远跑来送给我的《战争与和平》,发现这套书竟然是他看过的,不仅看过,书页被翻得柔软,还留下不少折角和划线,想必是真的很喜欢才送给我,我不禁有些感动,随之再次感到羞愧和懊恼。我在家里不分晨昏地看书,忘乎所以地置身于书中多雨的旷野,与几支纵队一起行走在浓雾里。在老谢重重划下粗线的段落里,士兵们几乎都处于中场休息,他们刚刚结束了一场战役,吃饱了,还喝了酒,在篝火旁边烧得暖烘烘,虽然失去行动和精神的自由,却被有规则的东西限制和引导着,战场之外的世界荡然无存,反而感觉无忧无虑。对此,我感同身受。等我终于从书里缓过神来,已经过去了十来天,正好是战地医院里一个伤员能下床呼口新鲜空气的周期。

我从家里出来以后做的第一件事情,是去医院补好了门牙。然后我锁了仓库,并从银行里取出近四年的全部存款,交给我妈,作为交换,却不知道自己要交换的到底是什么。我妈看着我的牙,又看着我的钱,百感交集,又气急败坏,大哭一场。第二天钱原封不动地放回了我的抽屉里。我才意识到这真的是很大一笔钱,我不知为何赶上了一次浪潮,清醒过来的时候,却已经搁浅在了岸边。

之后我从邮箱里找出主唱发给我的一条音乐网站的招聘,职位要求写得很模糊,只强调对于二十世纪后半叶的流行音乐具有热情。我按地址写过去一封邮件,立刻得到回复,约好去面试。对方是一个知识分子打扮的青年,比我略略年长。他坐在会议桌的尽头,看起来却比我更羞怯和紧张。我为了缓和气氛,说了一些十年前歌友会的轶事。他不好意思地说,他当年也曾参加过不少活动,还因此在电台做了一年实习生。但千禧年还没到来的时候,他便出国念书了。如今刚刚回国,想要参与互联网文化的发展。他说这里的工资微薄,但我们会共同见证新事物的诞生。这样的话无法打动我,而且我负责的具体工作是条目输入,每天对着同样的表格页面输入唱片信息,如同流水线的工人。

无论如何这都不是我的打算,我对新事物的诞生毫无兴趣,我只是失去了无所事事的勇气,并且还在等待旧梦的彻底终结。于是我按时上班，专心致志，丝毫不感觉枯燥。在工作的第一个星期过后，我在网站试运营的内部论坛里看到魔岩三杰的演出消息，他们要在连云港的海边游乐场里举办一场迎接北京奥运会的义演。时间是七月最后一个周末的晚上。

三周以后的星期六，我按照巡厂的习惯，清晨从仓库出发，七点前便开上了高速公路。两边都是熟悉的夏日风景，距离我和群青上一次开在这条公路上，已经过去了整整一年。打开音响，还是伍佰，《夏夜晚风》，是一个演唱会的翻录版本，伍佰唱到一半说，"我来过这里好多次，好干净哦。和我住的地方很像，我们那边也下雨，也一样炎热。"

我反正已经习惯了高速公路的酷暑，汗在椅背留下身体的形状，柏油路面的反光像一个又一个的水洼。中途遇见一段暴雨，我在漫长的水幕中同时开着远光灯和雾灯，于无穷无尽的寂静里突然钻出乌云，看到右侧山坡上连绵的白色风车，缓缓转动。

下了高速以后我去麦当劳里大吃了一顿，吹了空调，活动了身体，傍晚出发去往海边。顺着公路驶离市区，大海便在身侧，有时错觉自己正行驶于海面。

太阳没有落山，月亮已经升起，同时散发着浅浅的温柔的光。一个小时以后我来到地图上指示的位置，却没有任何游乐场的迹象，远处的沙滩空空荡荡，突兀地立着几根被海风腐蚀的罗马柱。

我一度以为弄错了日期或者地点，但门票确认无误。于是我尽量朝着海岸线的方向行驶，直到被植物和堤坝阻拦，只能下车继续步行。没有舞台，没有白色的光柱，没有人。我在粗糙如砾石的沙滩上奋力往海边走，经过无人使用的沙滩排球网，天迅速暗下来，粉色的光消失殆尽以后，一座巨大的建筑物凭空矗立在我跟前，是沙滩上的金字塔，我叹息着抬头，尖顶旁边出现了一颗明亮的星星。

太牛逼了。这是我见过的第二座金字塔。美校的第二年暑假我和群青一起去西安，通宵硬座，下火车以后便直接从游客集散中心坐车去看兵马俑。上了一辆破破烂烂的小巴，只有我们两个人，一上车便睡着了，醒来时置身于荒漠，眼前是一个简陋庞大的铁皮棚，像废弃已久的竞技场。我们虽然心怀疑虑，但在高音喇叭的循环下，被下了迷药似的购买了昂贵的门票。里面竟然也分成一号，二号和三号坑，中间用小火车连接。小火车是免费的，直接跳上去就行。我们坐火车转了两圈，仿佛游览月球陨石坑的旅人。一号坑很大，厚厚的土里稀稀落落放着几个兵马俑，探照灯的强光把空气里的灰尘照得一清二楚。二号坑和一号坑一模一样，尺寸稍小。三号坑是露天的，还在建造中，没有兵马俑，却矗立着一座金字塔，巨大，压抑。火车会从金字塔的内部穿过去，里面什么都没有，只有一段长长的干燥的黑暗和一些风的回声。

我用手机拍下了海边的金字塔，想用电子邮件给群青传送一张照片，但信号时断时续。于是我沿着沙滩一路往前走，将手机举过头顶，尽力收集来自虚空的回响。前面的沙滩上出现了一小堆一小堆聚拢在一起的人，搭着帐篷，烧着炭火，伴着音箱放的歌轻声合唱。我走到他们中间，像走入一段回忆，仿佛那些郁郁寡欢的年轻人自学生活动中心门口失散以后，便始终被困在这片沙滩上。

"朋友。你也是受害者吗？"有一个人大声问我。

"我吗？"我停下脚步环顾四周。那个人朝我走来，他穿着一件解放军空军夹克，看样子是那种或许能成为朋友的人。

"你也是来看演唱会的吗？"他问我。

"我可能弄错了，我没找到游乐场。"我回答。

"你没弄错,我们也一样,我们都是被骗的。没有演唱会,也没有游乐场,都是虚构的。这里只有大海。"他大声叹息。

"都是虚构的啊。"我却放下心来。

"你要加入我们吗?都是朋友,来都来了,我们在讨论怎么维权。"他指指身后。

"不了。我的朋友也在等我。"我指指前面,感谢了他,和他告别,继续沿着沙滩往前走。我不再怀着寻找任何事物的决心和愿望,反而感到轻松和自由。没有浪,海面漆黑宁静,与天空连接在一起,泛起薄薄的雾。我的手机突然亮了一下,提示我邮件发送了出去,黑暗中金字塔的照片,咻的一声,在某一个瞬间,便穿越了雾的防火墙。

明日派对

后来我的很多朋友都会记得二〇〇〇年九月八日，罗大佑的大陆首场演唱会在上海举办。据说北京有几千人南下，包揽了前一夜的K13次列车。列车上，大家彻夜长谈，站在接缝处的风口抽烟。多年以来，这番集体记忆不定期回涌，那天和谁在一起，坐在体育场的哪个位置，散场以后去哪里迎来清晨。然而在当时，我和我的那些朋友，谁都还不认识谁。

　　那天我本该去大学报到，却因为收到电台寄来的演唱会门票而推迟了报到时间。我填报的第一志愿是上海大学计算机系，等了两波通知书都没有我，第三波的时候收到了，被调剂到南京一所学校的通讯专业。这个结果虽然比预想得更为糟糕，却也合情合理。最后一个学期我的成绩徘徊于年级下游，表面还保持平静和努力，内心早已处于随波逐流的状态。夜晚等家人入睡，我便拨号上网，游荡在各种聊天室和论坛。

有时候早晨醒来已经过了学校的出操时间。那段时间午夜电台开播一档新的音乐节目，片头一段海菲兹演奏的幻想曲序章之后，主持人说，"我是你们的朋友张宙。"我每天都听到尾声，有时感觉自己是唯一接收到电波的人。

拿到录取通知书的晚上我给张宙写信至凌晨，但具体写了什么印象全无。两星期以后我收到来自电台的回信，信封极为单薄，打开以后里面放着一张罗大佑演唱会门票，我把信封里里外外看了好几遍，很遗憾，没有找到任何其他信息和字迹。票是最便宜的，舞台侧面的二楼山顶。我第一次去体育场，走错看台，翻山越岭找到自己的座位，坐下不久，旁边挨着的女孩核对暗号似的问我："你也是张宙的听众吗？"

"是啊！"我高兴地说，立刻和她握手。

"我叫王鹿。"王鹿说着从自己的手腕摘下一根荧光环，扣在我的手腕上。舞台的灯光亮了几次，又暗下去，呼喊声便像浪一样涌来涌去。突然响起钢琴，罗大佑出现在舞台一角，我们从山顶看下去，他在一小片白色光斑中，黑衣黑裤，而他的影像被投射在半空巨大的屏幕，旁边是天空里一轮真实的月亮。前排一个人突然流泪到簌簌发抖。我和王鹿抬起手来，我们手腕上的荧光环是粉色和蓝色的，像两片浅浅的星云。

散场以后我和王鹿被人群冲散，又在出口相遇。我问她怎么回去，她说走回去。她在戏剧学院念三年级，走得快一点，一个小时能回到宿舍。于是我和她一起走。从体育场出来的人正倾巢往衡山路迁徙，我们一会儿走在这群人中间，一会儿走在那群人中间，前前后后的人扛着成箱成箱的啤酒，背着吉他和音箱，如过境的候鸟，最终消散在沿途的酒吧和卡拉 OK 里。过了衡山路以后没多久，深夜的林荫路上只剩下我和王鹿。

"你也给张宙写信了吗？"我问王鹿。

"是啊。我大部分同学都跟着剧组在外地拍戏，我没戏拍，成天在宿舍听电台。"王鹿说。

"你是表演系的？"

"我长得普通，说出来别人都不信。"

"不不。"

"中戏的导师说我在精神面貌方面和章子怡很像。"王鹿自嘲。然而事实完全不是这样。王鹿比我高一大截，卷发柔软蓬松，五官浅浅的，脖子很长，像辽阔的草原上罕见的动物。穿着牛仔裤和短袖衬衫，脖子和手腕上系着钥匙链，手机链，五颜六色的小珠子，编织带和丝带。她的气质复杂混乱，举手投足间却没有一样多余的动作。我根本不好意思盯着她看，又忍不住一再看她。她是我见过的最好看的人，仿佛穿越虫洞突然坠入我这一边的世界。

"我打算明年去考中戏的研究生。"王鹿又说。

"你要去北京吗？"

"是啊。反正我毕业以后也没其他事可干。"

"我从没去过北京。"

"那你得去去，北京就相当于是旧金山。"王鹿相当确定地说。

我们在戏剧学院门口道别，交换了手机号码。之后我赶上了末班车，回到家里已经凌晨一点，打开收音机时发现张宙的节目结束了，轻柔的室内音乐将一直播放到清晨。我身体疲惫，精神亢奋，整晚做着光怪陆离的浅梦，直到第二天清晨被我爸喊起来，他从单位借了辆面包车送我去南京报道。我坐在后座，旁边绑着我的自行车。出了高速收费站不久，我意识到这是我第一次离开上海，但内心毫无波澜，很快睡着了。半途醒来，看到发电站遍山的白色风车，昨夜王鹿给的荧光环还扣在我的手腕上，但已经不再发光，只是一个黯淡的圆环。

我们在中午前到达南京,学校在玄武湖旁边,挨着老火车站,很小,只有一栋教学楼,没有操场,从外表看不过是个普通的机关办事处。我爸本想陪我待一晚,但我不想伤感,报到完毕便赶他返程,独自回到宿舍。晚上我像往常一样塞好耳机,打开随身听,然而同样的波段上没有海菲兹的序曲,只有空洞遥远的沙沙声。我才想起来,在南京接收不到上海的电台,张宙的电波被阻隔了。我在黑暗中给王鹿发了一条短信:"救命啊,我被流放了。"

收到我的求救之后,王鹿断断续续为我录下张宙的节目,攒到一定数量便寄到南京。每盒磁带侧面都贴着标签,认真写有日期。王鹿写的字,笔画的折角像昆虫细小的关节。这些磁带成为我最珍视的东西,我将它们整整齐齐摆在床头,想象自己正在为几百年后人类文明的考古保存下声音的碎片,我和王鹿也因此缔结了坚固的友谊。

之后王鹿去了好几趟北京,参加中戏举办的讲座和戏剧工作坊,联络导师,准备冬天的研究生考试。中戏附近都是和她一样在等待和寻找机会的人,她在那里结交了一群浪漫的朋友，令我相当羡慕。我们有时在 msn 上聊天，她行踪不定，常常连续几天杳无音讯，再出现时往往刚从有趣的地方回来。水库，山，草原。她还在郊外的派对上遇见过王朔和崔健。这些事情我愿意听她讲上几天几夜，但中间总被打断，有男孩来找她借书，或者有男孩来找她听音乐。我不知道那是否是同一个男孩，我问过，却记不得她是怎么回答的，我想她同时在和好几个男孩谈恋爱。

为了与王鹿聊天，我每天都去隔壁网吧，时间一久便与管理员潇潇成为了朋友。潇潇原本是邮电学院的，退学以后白天在网吧做管理员，晚上在俱乐部打工，同时还在准备托福考试。有时我和他一起乘车去山里，坐在被雨水侵蚀的石桌边聊天，天总是很快就黑了。再后来即便去上课我也忍不住半途逃跑，和潇潇去湖边或者城墙。我们像恋爱一样相处，但因为潇潇计划第二年去美国念书，所以谁都没有明确这段关系。我偶尔和王鹿说起潇潇，并且忍不住把自己废物般的生活描述得更具诗意。

王鹿好几次喊我去北京找她。冬天的时候她说去什刹海滑冰，春天的时候她说飞檐走壁的朋友们在四合院的屋顶烧烤。我内心憧憬，却始终没有行动。我们再次见面已经是一年后,暑期结束,王鹿从北京回上海,顺道来南京逗留一晚。我问潇潇如果有朋友来南京,应该带她去哪里玩。

"上海来的朋友吗?女孩吗?好看吗?"潇潇问我。

"戏剧学院表演系的,你说好看不好看吧。"

"趁天还没凉下来,你们去紫霞湖公园游泳吧。"

"去游泳?"

"你去了就知道。我向你保证,你和你的朋友会永远难忘。"

我带着王鹿在宿舍放下行李以后,去军人俱乐部玩,从第一家音像店一直看到最后一家,避开了白天最热的时间。然后我们买了便宜的游泳衣,坐公交车来到中山陵。按照潇潇的说法,我想当然地以为紫霞湖公园里面有一个露天游泳池,结果尾随两个戴泳帽的老头沿小道进了公园,惊讶地看见巨大一面绿色的湖。四面环树,背后靠山,体力好的青年赤条条爬上湖边的水塔,挨个往水里跳,溅起朵朵水花。而湖面上起起伏伏的,都是五颜六色的泳帽,和划动的手臂。我和王鹿高兴到大声叹息。

我们在干净的公共厕所里换好了泳衣,绕着湖走了半圈,找到一小块平坦的草地,放下书包和脱下来的衣物，迫不及待地下水。脚底的石子尖利，淤泥温暖，王鹿蹬出两朵大水花潇洒地游了出去，溅我一头水，我也赶紧跟上。水温比我想象中低，但是阳光照在肩膀上还是烫的。我在水里笨拙地伸展身体，重新适应新的视平线。亭子里有人在拉手风琴，树上挂着白色的鸟，不时浮起一层金色的水雾。

我游泳很烂，只会狗刨，无论多么奋力地蹬腿，却总在相同的地方打转。王鹿就厉害多了，她爬上水塔往水里跳了两次，第一次抱膝跳，第二次并拢双臂俯冲入水，像一头捕食的水鸟。等我气喘吁吁爬上岸以后，环顾湖面找她，她正眯起眼睛仰面浮着，不时抬起一侧手臂往后划出一道弧线，长长一次呼吸之后，再抬起另外一侧的手臂，朝着湖心的方向缓缓漂流。

太阳落山前，我和王鹿在厕所的洗手池里冲了头发，洗了泳衣，然后找到一棵不高不矮的树，把泳衣平摊在树杈上。空气仍然温暖，四周笼罩着一层极其不真实的浅色霞光。半空中绿色的小虫和嗡嗡的蚊子成团成团撞到我们身上，我们不停拍打着双腿和胳膊。游泳的人陆陆续续从水里出来，坐在岸边休息，铺着塑料布打牌。我和王鹿都饥肠辘辘，去小卖部买了酸奶和蛋糕，大口吃完，仰面靠在书包上，等炙热的风吹过来,把头发和泳衣一起吹干。

"你是怎么找到这个好地方的?"王鹿问我。

"潇潇告诉我的。"

"潇潇现在算是你的男朋友吗?"

"怎么说呢,情况总是有些不清不楚。"

"但是他知道这么好的地方,一定会是很好的男朋友啊。"王鹿说着又想起重要的事情,从书包里掏出一本《音像世界》来,翻到最后一页给我看。是上海广播电台青年主持人比赛的启事,规则很简单,录制一段二十分钟的节目,主题不限,和报名表一起寄到电台。

"我们一起参加吧,我一看到这个就想到你,我们就像平常那样聊聊音乐。"王鹿说。

"但是我做不好。"我虽然这样说,却把那则启事看了一遍又一遍。王鹿很快说服了我。天黑以后,我们收拾好东西,在山里走了长长一段路,坐公交车去潇潇打工的俱乐部借录音机。起了一点风,风依然是烫的,把头发和皮肤都吹得干燥清洁。等车的时候,王鹿从裤子口袋里摸出一包中南海,给了我一根,潮潮的。我没抽过烟,那个时候却因为心里涌动着的热情,觉得非抽不可。后来我们站在车厢靠窗的位置吹风,穿过隧道以后,是月光下的玄武湖。我趴在栏杆上,感觉自己在一场梦里。

防风林说是在南大隔壁,其实坐车到南大门口还要再走上二十分钟,在一个居民小区里。经过夜晚芬芳的植物,以及一段混合着霉味和湿气的地下通道,便是防风林。这里一半在地下,一半在地面,原本是仓库,被改造成了俱乐部,走进去便是缓坡,摆放的东西和人都处于随时会倾塌的状态,直到坡底有一个小小的舞台,放着一套蒙灰的鼓架,看样子很久没有正经演出了。我只在刚认识潇潇的时候跟着他来过一次,当时有两三桌人围在一起打扑克和喝啤酒,潇潇说他们都是老板的朋友,一群诗人和导演。但是在我看来,那里烟雾腾腾,和棋牌室没有两样,后来便再没去过。

然而和王鹿一起就不一样了。等我们的视线适应了昏暗,王鹿便置身于一堆破烂中间热情惊叹:"这里好像后海。好像伍德斯托克。"我和潇潇明明知道这里和后海或者伍德斯托克毫无关系,但我们看到王鹿高兴,也都不由自主地高兴起来,就好像自己也和平时不一样,自己成为了后海伍德斯托克的主人。

但是潇潇那天晚上确实看起来有所不同。不是说他的外貌,他还是那样,身上所有的衣服和裤子都嫌短，像是从别人那里借来临时穿一下的旧衣服，但是干净平整，连同他的球鞋，都像是洗过很多遍。我分辨不清是因为王鹿的存在，还是我以王鹿的眼光来重新审视他，觉得他一贫如洗，又绝对纯洁。连同周围的环境也变得不同。我挪开几个潮湿的靠垫，找到一块干燥的地方坐下。风扇吹出的热风把墙上糊着的报纸吹得哗哗响，视平线上方有一排扁扁的窗户对着外面的街沿，从那里透进夜晚微弱的光。

我告诉潇潇我们要参加电台主持人比赛，潇潇也很来劲，他从破烂堆里找出一台双卡录音机帮我们录音，多年没人用过，但插上电源以后功能完好。虽然录出来的音质糟糕，充满环境噪音，但潇潇认为很朴实很酷。后来我们一起看了九四年的香港红磡体育馆演唱会。潇潇和王鹿都看过好几遍，只有我是第一回看，感动得浑身起鸡皮疙瘩。

"我在杂志上见过一张照片，他们演出完从香港坐飞机回来，个个意气风发，在飞机上抽烟喝酒，东倒西歪。"潇潇说。

"飞机上也能抽烟喝酒吗？"王鹿问。

"我没坐过飞机。但那是一九九四年啊，我觉得一九九四年你想做什么都行。"潇潇说。

"这张碟很难找,我以前是在学校资料室里看的,你从哪里找到的?"王鹿问潇潇。

"朋友离开南京前给我的,他送给我一箱碟和一件皮夹克。这个朋友后来去了上海的电台就再也没联络过。不知道你们有没有听说过张宙。"潇潇说。

"张宙啊!"我和王鹿惊呼。

"他那么有名吗?"潇潇也吓了一跳。

"也不完全是这样。"王鹿说。

"张宙在南京待过吗?"我问。

"他当时在艺校当文化课老师,每天晚上都来防风林。"潇潇说。

"那是什么时候?"我问。

"三年前。我刚来南京。"潇潇说。

我和王鹿还有更多问题,然而潇潇使劲回忆了一番,也没什么可说的。

"他这个人不太积极,纯粹在这里耗着。但我想他也做了一些努力。"潇潇说。

"什么努力?"我们问。

"努力摆脱颓废和高兴的气氛。我也不知道我想的对不对。"潇潇回答。

一个月以后,我和王鹿出乎意料地收到复赛通知,复试在电台进行,当场抽签决定主题,十五分钟即兴主持。我当即赶回上海,复赛当天与王鹿在广播大厦门口见面,换取了临时出入证以后,按照指示来到一个椭圆形会议室里等待。会议室里陆陆续续来了二十个人,年龄相仿,聊起来全是电台迷。有位男孩背着吉他一路从西北赶来,他辗转各地参加比赛,风尘仆仆,滔滔不绝。我和王鹿溜出去找地方抽烟,推开防火门以后来到楼角的露台。从那里能看见高架上转弯的车辆,一大片绿化带,一大片工地。我们站在大风里,现实退得远远的,都有些感慨,谁都没再说话。

我和王鹿在复赛中超时十分钟,才终于被隔音玻璃对面的一位主审老师打断。那位老师辨认不出年纪,穿着男式工作夹克,看起来既像是科考队员,又像是吉普赛人。整个过程中她始终与我们保持着眼神接触,又温柔又坚决。之后她又特意起身来到门口,郑重地与我们握手道别。

离开广播大厦时外面下着秋天的雨,灰尘伴随雨水落下。我和王鹿皮肤发烫,心里怀着脆弱的希望,谁都不敢说出来。我们在雨里走了很长的路,来到王鹿的宿舍，擦干了头发。王鹿泡了速溶咖啡，剥开橘子，打算整夜与我聊天。临近午夜我们坐在窗边，一边抽烟一边听张宙的节目，王鹿的眼睛里充满奇想和果断，我的心里也迸发着同样的情感。

"我从没有过什么好运。"我说。

"别这么说，我想所谓好运，就是专心致志的愿望终于得到来自宇宙的回应。"王鹿回答。

然而我和王鹿没再等来好运。不久我在新一期的《音像世界》杂志上看到比赛结果，那位西北男孩得了第一名。另外附有一篇关于他的采访。采访中提到比赛结束后电台给了他一档真正的节目，让他担任主持。但是他离开上海以后去了北京，跟随一支纪录片摄制组深入了内蒙深处的草原，将在那里游历半年，因此没有回来领奖，并且放弃了节目。

我给王鹿发去长长的消息，她接连几天都没有回复我。倒是潇潇考完了托福，打算回到山东家里准备签证资料，顺便去青岛玩两天。他问我要不要一起，我立刻答应。几天以后我们上了火车，我的书包里带着四盒张宙的磁带，一盒讲披头士，一盒讲库斯图里卡，一盒讲一九六八年登月，一盒讲布拉格之春。我听了一路，潇潇则和邻座大哥下了整晚的象棋。后半夜的窗外什么都看不见，我和潇潇来到车厢的衔接处抽烟，模仿在飞机上抽烟的摇滚明星，却被列车员阻止了两回。

到了青岛以后潇潇带我借宿朋友家。朋友和女友住厂区宿舍，他们几个都是高中同学。下午潇潇和男孩们去参加厂里的足球比赛，女友骑车载我去啤酒厂玩。整个城市像是建造在连绵起伏的山上，大雾缭绕，遇见上坡就跳下来推车，爬到坡顶再俯冲直下。路上她和我说起中学往事，她说没有人不喜欢潇潇。我们在短暂的时间里变得很亲密，回来的路上我和她都已经喝了不少啤酒，还买了扇贝和螃蟹，全是活的。

傍晚男孩们也回家了，他们洗澡，洗衣服，洗菜，吵吵闹闹，像过节一样。我们用芝麻酱和芥末蘸蔬菜和贝肉，刚炸好的小鱼，脆脆的，裹着椒盐。电脑音箱里播放着粤语流行歌曲，我听他们叙旧，厂区里的江湖恩怨精彩纷呈。宿舍已经开始供暖，吃着喝着不得不把窗户打开，还是觉得很热。于是我们轮流去楼下小卖部买啤酒，啤酒从桶里直接灌进塑料袋提上来。我和潇潇一起去，要穿过煤渣操场，空气又冷又干净。我们各自提着一袋啤酒，泡沫细小洁白。

后来大家都喝多了，浑然不觉，却真诚无比。潇潇担忧9·11对签证的影响，缓缓讲述他的计划，但因为这些事情日后无一实现，以至于我完全没有记住。只是当时的气氛难忘。我们四个人促膝坐在一盏小小的灯泡下面。他们问我，潇潇去美国以后，我要怎么办。这样的关切是具体和实在的，令我的消沉化为乌有。

第二天醒来是下午三点，房间已经收拾得干干净净。他俩去上班了，我和潇潇决定出去看海。外面刚刚散去一场雾，又湿又冷。我们缓缓骑着自行车，半途看到路边有辆面包车的车窗上竖着牌子上，写着崂山水库，潇潇停下来问司机去不去水库。

"你们要去水库玩？"司机探出脑袋打量我俩。

"是啊。去转转。"潇潇说。

"天冷了没人去水库啊。"司机说。

"那你做什么生意呢。"潇潇说。

"到那里都超过五点了，天黑了，什么都看不到。明天早上再去吧。"司机说。

"明天还有明天的安排。"潇潇说。

"那就下次再去啊，等到夏天。水库总是在的。我给你们留个联系方式，你们下次来了就找我，我带你们去一些只有我知道的好地方。"司机说着，递给我们一人一张名片。我们把名片收好，又继续骑车，翻过一个陡坡以后突然来到海边栈道。太冷了，只有我们两个人走在栈道上，四面八方都是海，岸边的浪泛着白色的泡沫。这是我第一次看到海，然而我不知怎么的，感觉乏味，不为所动。

"你去过水库吗？"我问潇潇。

"小时候每年暑假我爸都会带我去水库游泳。"

"和紫霞湖比起来怎么样？"

"水库比紫霞湖美多了。"

"不会吧！"

"那里过去是很深的山谷，后来放水淹了，露出水面的只有一小部分山峰和礁石，而深深的水底下全部都是山体和巨石。你能想象吗？"

"哇。那不是水底亚特兰蒂斯吗？"

"差不多就是那个意思吧。"

我们路过小卖部，潇潇停下来买了烟和一小袋槟榔。然后我们在礁石堆的尽头找到一块干燥平坦的地方坐下，抽烟，嚼槟榔。很多人提着水桶在退潮的泥滩上捡海带和搁浅的贝类。有一小束太阳突然穿过云层落在海面。我感到暖和了一些，于是花了很多时间，想着水底的事情。

晚上我们四个又见面了,找到一间人满为患的小饭馆吃了晚饭,潇潇特意点了新鲜的海带给我品尝,其他每样东西也都相当好吃。吃完饭以后男孩们提出要去海里游泳,走到海边又觉得水温太低。我们在黑暗的礁滩上站了一会儿,很快被迅速涨起来的潮水逼得节节败退。

从青岛回来以后我消沉了好几天,手机停机欠费,再去网吧才发现王鹿留下十几条消息。王鹿解释,电台的欧老师联络了我们——就是那位在录音室门口和我们握手道别的老师。得奖的西北男孩离开以后,留下一档节目的主持人空缺,电台试用了几个备选方案,都不理想。欧老师数次想到我和王鹿,最终说服了电台领导。她对我们说,"比赛的结果非常可惜,但我始终没法忘记你们两个。"王鹿说这是她听过最动人的评语,我也这样认为。

我和王鹿很快拥有了一档自己的电台节目。录播,周一首播,周四重播,欧老师担任监制。事情的进展过于迅猛,不容思考和犹豫。新年到来前我们要录制完成三期节目,还剩下不到一个月的准备时间。潇潇听到这个消息非常激动，当天晚上便回到防风林把张宙留下的一箱唱片整理出来，转赠给我。两天之后我回到上海，而这箱唱片便是我们节目最初的曲库。

接下来的两个星期我住在王鹿的宿舍，用电脑光驱播放和选择音乐，决定主题，写稿，反反复复将时间与声音的匹配精确到秒，这期间还夹杂了好几次令人难忘的长谈。王鹿表现出强悍的专注，而我应该也产生了同样的精神热度，以此来抵御无时不在的自我怀疑。外面经历了一场寒流，我们靠着一台巴掌大的取暖器，不眠不休，像鸟一样吃一点点东西。

录制当天我和王鹿提前去找欧老师，她的办公室在广播大厦六楼拐角处，资料和文件堆成山，每座都在崩塌的边缘。欧老师不知从哪个角落钻出来迎接我们，依然披头散发穿着工作服，像是很久没有休息过，却热忱地张开双臂欢迎我们。她这样的人啊，应该出现在旷野。我忍不住快步走上前去，拥抱了她。

之后我们在录音室和剪辑房里度过了艰巨的十二个小时，完成三期录制，这期间欧老师和上次一样，全程坐在玻璃的另外一边。休息间歇我们三个人一起在露台抽烟，底下的城市像一部庞大优美的机器，四周办公楼的玻璃反射出不同层次的光，直到高架的路灯在五点准时亮起。难以想象，我们未经训练的声音和想法将被传播到如此坚固有序的城市里。

"我俩是因为张宙的节目认识的。"王鹿说。

"张宙啊——这么一说，完全不意外。"欧老师笑起来。

"但我们没打算模仿他。"我有点着急解释。

"我不是这个意思。张宙这人是个散漫分子，但他确实有迷人的地方。我们第一次见面时在南京的一个俱乐部，他那时正下定决心要改变生活。"欧老师说。

"你也去过防风林吗！"我和王鹿叫起来。

"哦，那个跟棋牌室一样的地方。"欧老师说。

"哈哈哈。"我们都笑。

"你们来参加比赛不会是为了见到张宙吧。"欧老师说。

"不不。我没有想过要见他。"我说。

"我也没有。"王鹿说。

"张宙这个人啊——"欧老师在思考着用什么样的形容词。

"他对我们来说，就像是没有形态的波段。"王鹿这么说，我却觉得她像是在描述她自己。

离开广播大厦的时候是晚上十点,寒流已经过去了,天气稍稍回暖。我和王鹿筋疲力尽,说不出话,但精神亢奋,没法就这样彼此分开,于是沿着夜晚的高架往市中心走。整条淮海路的车停滞不前,我们才意识到这已经是一年的最后一天,大家正从四面八方去新天地参加新年倒数。树木上悬挂的灯,明亮的噪音,巨大的霓虹,现实世界如此强烈地唤回我们身体的知觉。饿坏了。我和王鹿在便利店里买了关东煮和饮料,坐在路旁吃。

"我以后不会再去北京了。"王鹿告诉我。

"因为和电台的事情冲突吗?"我很吃惊。

"不不。导师把名额给了其他人,之前说好的事情突然变了卦。"

"这是什么时候的事情?"

"复赛之后不久就接到了导师的通知,我又去了一次北京,但其实无济于事。他说今年的情况比较特殊,希望我能理解,如果我能等到明年的话,他一定把名额替我留好。"

"你是怎么想的?"

"我想啊,去他妈的吧。"

"是啊。去他妈的。"

几个要去狂欢的男孩从便利店出来,站在路边和我们搭话,打断了我们的交谈。他们分给我们啤酒和烟,问我们要不要一起去倒数。但我和王鹿都心不在焉,想着其他更为重要的事情。王鹿将一只耳机塞进我的耳朵里。

"调响一点,听不见。"我说。

王鹿把随身听的音量调到最大——张宙在电波里说,"将过去的留在过去,明年见。"

我们的第一期节目播出当天,我返回南京办理退学事宜。鉴于我的成绩和考勤,在办公室里说出我的想法时,我想在座的几位老师也终于松了口气。接下来的退学手续办得相当顺利,直到全部处理完毕我才告诉家人,我的父母在电话里叹息一番,我想妈妈应该还是哭了。事情是如何发展到这个地步的,我其实一点也不想去探究。最后我们都平静下来,商量好了回家的时间。当天晚上我去防风林找潇潇。防风林里正在播一部法语黑白电影,讲两个男孩爱上同一个女孩,字幕配得牛头不对马嘴,但画面很美,有海,有石头雕像,后来他们三个人在山坡散步,高高的草长到他们的腰间,被风吹得倒来倒去。我和潇潇吃了泡面，因为没有其他客人在，于是把这部电影看了两遍。

我把退学的事情告诉了潇潇，他大惊小怪地说，"你干嘛学我。"

"别自以为是。"

"那为什么退学？"

"你那时不也非要退学不可？"

"我以前是一个非常愤怒的人。"

"哈哈哈。"

"你笑什么？"

"因为我一点都没感觉到。"

"你这个人粗心大意，你能感觉到什么。"

"我感觉你又温柔又脆弱。"

"听起来都不是好的形容词。"潇潇想了想说，"你是来道别的吗？"

"算是吧。"我也想了想。

"我有礼物要送给你。"潇潇起身，拖出十几个纸板箱，里面塞满不知哪个年代的印刷物，信件，照片，杂志和书，唱片和影碟全部没有塞在正确的纸套里，拨开这些，还有棋盘，模型，印章，昆虫标本，鸟的骨骼。潇潇解释说都是客人们留在这里的，从来没有被处理过。他在遗迹般的垃圾里找了很久，最后找出一叠装在信封里的照片。照片是在一场冬季的烧烤派对上拍的，应该就在五台山体育场后面的荒地里。天色昏暗，每个人都穿得很多，炭火的火星被风吹得到处跑。

"这里。你看。"潇潇从里面抽出一张照片递给我。

"这是张宙。那天晚上也下雪。他从很远的地方过来，来的时候已经喝了很多酒，不知道为了什么事情特别高兴，脱了衣服在雪地里跑了一大圈。"潇潇说。照片里的那个人穿着牛仔裤，光着上半身，站一盏灯下。灯光在他的头顶形成一抹光晕，盖住了他的整张脸。

"怎么样，和你想象中一样吗？"潇潇问我。

"你是说这个看不见脸的人吗？"

"我很难形容，但是他确实就是这个样子的。"

"嗯。我明白。"我想确实就是这样。

几天之后爸爸开车过来接我回家，进入上海之前，我们在高速休息站停下来买水和面包，坐在车里吃。爸爸打开收音机，我猝不及防地从电波里听到了自己的声音。我的声音清脆果决，与想象中完全不同。我和爸爸都没有说话，两边的重型卡车从我们身边压过去，天暗了下来，车前灯照着道路两侧墨色的冬青树。

我怀里抱着书包，张宙的照片被我夹在一本书中，放在包里。我感激爸爸的沉默，和他一起听完节目，中间放了一首王菲的歌，爸爸也跟着轻轻哼唱。

再次回到电台时，欧老师从桌子底下拖出一只装满信件的纸箱，里面的信件都是节目播出以后听众写给我和王鹿的。于是我们抱着纸箱，找到一个没有人的会议室坐下，面对面拆信，再互相交换，气氛既忐忑又动人，一直持续到黄昏。这些信热忱奇异，推荐新的唱片，讲述恋爱和日常生活，毫不吝啬地表达喜好和憎恶，大言不惭地谈论美和哀愁，并且邀请我们同游。我们各自彻夜回复，第二天去台里，又收到更多。

不久之后我和王鹿在网上搜索自己的节目，发现有人为我们制作了一个网站。所谓网站其实只有一张静态页面，点击进入以后是论坛，没有分区，所有帖子都堆积在同一个页面。网站的建立者和管理员叫小皮，他的头像是一只穿着皮夹克的卡通松鼠。我和王鹿立刻注册了ID，我没有用节目里的名字，也没有用自己的名字，那段时间我热衷于在不同的地方给自己起不同的名字。而王鹿无论在哪里都叫王鹿，我想那是因为她原本的名字就像是虚构出来的。最初论坛里活跃的用户没有几个，常常只有我，王鹿还有小皮同时在线。小皮给我们的节目提了不少有用的建议，并且畅想以后论坛会成为安迪沃霍的工厂。我和王鹿问他那是什么，小皮说就是一个收容各色人等的地方，把每天都过成一场派对。我没参加过任何派对，却觉得这个想法很动人。之后我们三个人在论坛里越聊越多，越耗越晚，天总是早早就亮了，窗外的空气里都是初春植物的甜味。我睡觉的时间很少，却精神抖擞。有时候半途醒来再进入论坛看看，那里空空荡荡，所有的话题却都停留在我们离开的时候，一句话都没有消失。于是我继续睡，感觉我们的友谊热烈深沉。

等天气暖和起来，王鹿提议一起去见小皮。我们对于现实中的小皮所知甚少。他在上海大学的理科试验班读三年级，中学时期连跳两级，在编程比赛拿过冠军。以上便是所有信息。其实我们对小皮都有所期待，却彼此不好意思承认。但王鹿比我更喜欢小皮一些，她对小皮怀有显而易见的遐想，忍不住一再向我提起他。我想他们之间有一些我所不知道的连结，无论王鹿在北京失去了什么，正在缓缓修复。

我们约在戏剧学院门口见面，小皮从一辆出租车里钻出来，站在马路对面，毛茸茸的短发，穿着黑色羽绒服和蓝色球鞋，害羞地低着头，左右张望，脚步却毫不迟疑地朝我们走来。我和王鹿笑起来，我们谁都没有想到，小皮是一个女孩。我们三个人都花了一些时间去适应彼此在现实中的面貌，很快便恢复了忘我的交谈。

我们跟随小皮坐轻轨来到杨浦的厂区，她要带我们去排练房认识几个朋友。从轻轨站出来以后，厂区的吊车像巨型雕塑一样肃穆。我们走了很久，来到化工厂附近一处防空掩体的入口，斜坡粉刷成浅绿色，又深又宽，卡车都能开得进来，拐过直角弯道之后才真正来到地下。走廊两边是方形隔间，大小不均，或明或暗，被用作职工宿舍，网吧，台球厅，卡拉OK，VCD出租摊。空气潮湿，墙壁发霉，地面渗水，每次以为走到尽头，就会在直角转弯之后来到另外一片一模一样的区域。有一间服装厂占据了好几间房间，成百台缝纫机同时工作，发出近乎轰鸣的噪音。作战指挥部便在服装厂的后面。

"作战指挥部"是一块手写的牌子，推开三四十厘米厚的石门，是一间一百平米的房间。不见天日，没有任何分隔，里面除了乐器和音箱外，还摆着行军床，电饭锅,很多书和唱片,几箱啤酒,几箱方便面和几箱卫生纸。墙上留有六十年代的保卫标语,也贴着二十一世纪的唱片海报。两个男孩从成捆的电线后面钻出来,都留着不长不短的头发,穿紧身牛仔裤和球鞋。他们见到小皮很高兴,大呼小叫着互相比划了几个武打动作,打闹了一番。小皮介绍说他们是京和陈浩。

京在莫斯科大学念书,但这个学期没有回去,他的宿舍遭了火灾。楼太旧了啊,每天都有很多事情要担心,他说。他在莫斯科有一个女友,可能是北方人,也可能是俄罗斯人,他自己不肯谈论这些,即便问他他也不说。反正他不打算再回莫斯科,文凭也不要了。他想去暖和的地方,广州或者东南亚。他有一点生意头脑,想去亚热带地区做生意。而且他高大好看,常常遇见好事,他自己也知道。我很羡慕他,我对莫斯科毫无概念,却对寒冷的地方充满想象。陈浩普通得多,他从美院毕业以后没有去搞艺术,而是在一间动画公司上班,工作枯燥重复,但是对此他毫无怨言。大部分时间他沉默寡言甚至显得闷闷不乐,却对摇滚极有钻研,知道不少冷门知识,但每次突然摘下他的耳机,会发现他其实都在听张震岳。他还养着一只漂亮的绿色小鸟,小鸟正自由自在地在我们脚边走动。

"这里总有很多人,朋友带来朋友。有时候我过来,推开门谁都不认识。"小皮说。

"你们怎么找到这个地方的?"王鹿显然已经被指挥部迷住了。

"我们本来在旁边的厂里排练,我有个亲戚在那里上班,得根据他的时间进出。后来厂里保安租了防空洞做二房东,拉我们过来看看。我们刚来的时候,这里整片区域还是空的,这间房间面积最大,关上门以后与世隔绝,月租三百块。"京很得意。

"哇——"我们感叹。

"我们还在这里做过演出,没开始就被举报了。"京说。

"突然涌进来一百来个像你们这样的人,换谁都会举报。"小皮说。

"我们啊,算是社会上最无害的那种人了。"京说。

"要是从这里一直往深处走,最后会走到哪里?"我问。

"据说整个上海地下的区域与区域之间都是相互连通的,理论上可以走到任何想去的地方。也有人说从这里往南走的话,最终会来到龙华机场,是战备时期的撤离路线。"京说。

"你们就不想走去那里看看吗?"王鹿问。

"走不远,我们走过一段,前面的路用水泥封起来了。"京说。

"其实再往深处走也都差不多,没有什么稀奇的。"陈浩说着,伸出手去,小鸟跳进他的手心,然后他让小鸟站在王鹿的肩膀上,又切开一片橙子让王鹿拿在手上喂它。接着京和陈浩玩了一会儿乐器,王鹿也加入他们的和弦,在电子键盘上弹奏,出人意料地动听。不知什么时候京和陈浩都停了下来。于是我们所有人一动不动地听王鹿弹琴,小鸟依偎在她的颈窝,用毛茸茸的额头蹭她的脸。

见过小皮之后,我和王鹿几乎每天都去指挥部。那段时间里陈浩公司的日本老板突然跑路,他假装上班,实际每天从家里跑到指挥部,排练,睡觉和逗鸟。但其实压根就没人排练,所有人只是藉此耗在一起,将私心杂念抛于脑后,共同度过一些坦率而毫不拘泥的时光。偶尔大家也倾巢出动,通常是去大自鸣钟淘唱片,去五角场看演出,或者去公园里打枪战。每天我从那里离开,坐上公交车,打开车窗,含一颗薄荷糖，想尽量散去身上的烟味，其实根本没用。想到第二天又会见到所有人，依然在同一个地方，不由感到既厌倦又快乐。

"为什么我感到那么开心啊！"王鹿常常感慨。

"因为你向来热爱脱离现实的集体生活。"我想，后海也好，防风林也好，指挥部也好，自足且浪荡，对王鹿来说没有根本性的区别。我还想，一旦陷入这种快乐，再想摆脱似乎非常困难。

但我确实在指挥部接受了填鸭式的摇滚教育，我们有时会连续几个小时听唱片，总有人在中间急切地插话——"嘘嘘，听这里，我觉得这里是特别好的一段"——我们为了一些不知是否存在的细节把音量一再调大，再怎么噪，地面上的人也不会听见。我开始将国外音乐网站上面的资讯翻译成中文，起初只是为了在论坛和指挥部里分享，后来在欧老师的推荐下给《音像世界》杂志写专栏。我写得不好，主要是没有什么值得一说的想法，相当羞愧。但当时我和王鹿都太穷了，虽然有电台的工作，却都不是正式员工。每期节目的酬劳是固定的，一百二十八元，两个人每月一共能赚五百块。不管怎么说，写稿的收入能让我们多买几张唱片。

我们那段时间总是在讨论钱，所有事情都需要钱。有一天陈浩在轻轨下面的电子市场看上一台调音台，他回来告诉我们，他还想要配齐话筒，耳机和卡座，有了这些设备之后便可以自己录制样带，林林总总要三千块钱。他要出去赚三千块，就撺掇小皮和他一起出去赚钱。他们打了一圈电话联络朋友，没几天就找到了工作。两个人爬在梯子上画马路边的宣传壁画，五米高，每天从早画到晚，一个月以后赚到五千块。拿的是现金，装在信封里。

京也每天决心十足地出门寻找机会，但我们知道他只是在游荡和结交新的朋友，他擅长与各种人打交道，过分热情，很容易被卷入各种没谱的事情，全情投入着，耗费大部分精神。偶尔赚到一些钱，他便毫不在意地挥霍，他买昂贵的日本牛仔裤和乔丹球鞋，也买二手的进口乐器。全部都是一时兴起。指挥部里有很多他的东西，他买了放在那里，不久就忘了。最有钱的时候他买回一台最新型号的苹果电脑，我们十分震惊，因为他根本不用电脑，而且指挥部也没有网络。我们有时候用那台电脑打游戏，但很快就没人再愿意打开它。后来机箱发霉了，被当作茶几，放烟灰缸和杯子。

情况最严峻的是王鹿，她即将毕业，没法再继续住在宿舍里，看了几处房子之后索性放弃，开始像筑巢的鸟一样，不时搬运一些东西到指挥部，不知不觉地在指挥部住了下来。然而我们有一段时间谁都没意识到王鹿住在指挥部，她几乎没有生活必需品，也不占据空间，而且不久之后，她在京的介绍下加入一支乐队担任键盘，很快因为技术出众而声名在外，被好几支乐队争抢。于是她同时加入了三支不同风格的乐队，从一个排练房赶往另外一个排练房，迅速建立起另外一种我所不了解也未曾参与的生活。接着王鹿跟随乐队去北京，南京和西安演出，我们在录音室见面，她常常从很远的地方回来，风尘仆仆，神采奕奕，在节目里讲述山脚下的音乐节和五湖四海的新朋友。我和听众全都听得入迷。我们的节目一期一期地持续着，在电台年中发布的收听率排行榜上，奇迹般地在流行音乐类别中位列第三。

我和王鹿得到一大笔奖金，这确实让我们都松了一口气，除此之外，欧老师还为我们拉来一笔赞助做听友见面会。我和王鹿想借此机会举办一场演出。这个想法在指挥部引起轰动，我想令我们多数人神往的并不是演出本身,而是与朋友们一起度过法外之徒的时光。在山里,在海边,飞沙走石,彻夜狂欢。

"我们的演出可不可以叫明日派对?"王鹿问我们意见。

这个名字立刻打动了所有人,似乎一旦有了名字,原本模糊的愿望便显现出具体的形状。京联络了六支乐队,跑了好几个排练房拼凑出整套现场音箱设备。陈浩与王鹿分头从各自学校的舞美班找同学帮忙搭建舞台和布置灯光。而最困难的任务是寻找合适的场地。小皮从家里弄来一辆铃木小货车,接下来每天开车载着我们出去,越开越远。有几次我在车的后座睡着了,醒来的间歇,干燥温暖的风从四周涌进来,男孩们手肘撑在车窗外面抽烟,远处工厂的烟囱喷出洁白的烟雾。最终我们在长江口找到一片湿地,那里旁边是弃用的学农基地,里面有操场和营房,操场的领操台虽然风吹雨淋,底下木质结构疏松溃烂,却足以改造成舞台。而且这里足够遥远,藏于地图一角,无论做什么都不会被干扰和限制。

基本问题解决以后,我和王鹿向电台报备演出方案,联络学农基地所属单位租借场地。单位隶属政府部门,我们通过欧老师以电台的名义出面交涉,没想到对方极为热忱，除了不收取场地费用之外，还主动提出要派遣几名工人帮我们搭建舞台，铺设电路和搬运垃圾。唯一的要求是将他们作为活动的协作单位。我和王鹿怕他们反悔，赶紧答应下来。八月连续两场热带风暴。我们在暴雨中去基地看场地，如我们所担忧，树木被吹倒一片，操场变成沼泽。回到指挥部以后，我们熬过了两个担惊受怕的夜晚，等台风过境，我们重返场地。现场一片植物和泥沙的残骸，但是阳光干燥，操场的水塘闪闪发光。第二天凌晨，我们与工人一起搭载卡车运送器材入场。

接下来的一个星期，我们每天清晨出门，各自带着清洁工具，在指挥部见面，再一起坐小货车去基地。最后连营房的公共厕所都用消毒水冲刷了一遍。傍晚等工人撤走以后，男孩们在煤渣操场上踢足球。后来电源接通了，几盏卤素大灯砰砰作响，放出白色的光，音箱将电流的声音放大至半空。我想造梦也不过如此。

派对前最后一天的傍晚，万事俱备，我们几个人离开基地，来到湿地深处，成片成片的芦苇像迷宫的墙，江面上庞大的货轮如史前动物般寂静无声地移动。京提议烧烤，于是他和陈浩掏出随身携带的小刀钻进树丛，很快便在空地里围起石头和树枝，生出一小堆篝火。我们其实根本没有食物，但火苗窜得很高，我伸手抚摸空气的热流，感觉脱离现实。之后男孩们带着bb弹手枪钻进树丛里枪战，小皮也加入其中，我和王鹿留在火堆旁用随身听听音乐。他们偶然从树丛里跑出来，在枯叶里翻滚，我们在远处看得出神。后来小皮回到我们身边，头发上和衣服上沾着草和泥土。我们用篝火点烟，同时往火里扔各种东西，树枝，草皮，笔记本上撕下来的纸，仔细观察火的形状和灰烬消逝的过程。我想我们似乎都在藉此终结一些事物，但具体是什么却说不出来。然后我们像往常在论坛里那样，进行了更为深入的对话。直到男孩们玩累了，从小皮的货车里拖出两箱不知道放了多久的炮仗。我们来到江边浅滩，几次就快要被大风吹倒。天色暗了，还有最后一缕粉红色的霞光。我们面对黑暗的水面，将点燃的炮仗抛向空中，又将小小的焰火攥在手里。

王鹿说这时应该许下愿望，京嘲笑她，但其实我们都认真地静默了片刻。我心中没有什么具体的愿望，我希望美好的时光与友谊一样长存。这时沉闷的巨响伴随迎面一股有力的气流，我几乎往后退了一小步，江面的浅浪似乎都被击碎，耳膜的振动又持续了几秒，然后现实世界的声音才渐渐地再次清晰起来。

"操。是谁放的炮?"京绊倒在地,破口大骂。

"这箱是什么破炮。我他妈的刚刚是不是差点死了!"陈浩还在震惊中。

"哪有那么容易死啊。"小皮说着,找到了爆炸物的残骸。陈浩刚刚点了一个雷王。我们缓过来,开始大笑,无论如何也停不下来,笑到纷纷倒在地上。远处我们的音箱里在空无一人的操场播放舒曼,既颓废又灿烂。

明日派对在夏季的最后一天如期举行,学农基地的上级单位特意安排了一辆大巴往返公交车站接送。从中午开始大巴陆陆续续送来两百多个人。起初大家都有些拘谨和羞涩,彼此保持着一段距离,站得笔直,又因为难以压抑的热情而轻轻晃动身体。但这个地方衰败迷人,植物烂漫芬芳,令人不知不觉成为乐园的一部分。随着日照温度渐渐褪去,气氛松动起来,不少人核对暗号,报出论坛的ID,在树林边和操场上握手相认,交换唱片和书籍。我和王鹿也见了好几位未曾谋面的论坛好友,他们和我们分享带来的食物,传递香烟和啤酒,进行更为深入和专注的交谈。我们得以在现实中见面,却仿佛置身于比抽象更为抽象的地方。

夏日最后一缕阳光消失以后,舞台两旁的大灯砰地打开,照向黑黝黝的树木和深蓝色的天空。京和陈浩的乐队做了暖场表演,人群迅速聚拢到舞台周围。我站在远处看,他们在那里就仿佛光线中的几个白点。

第三支乐队登场的时候,欧老师来了。她从电台过来,还带着孩子。我和王鹿都没想过欧老师有一个孩子,或者说我们都没有想过欧老师有另外一种生活。孩子沿途收集白色的圆石,跑到树林旁边,将石头一颗颗投掷到树林里。欧老师有时转头望着孩子,我发现她有种我不曾见过的忧虑神情。之后王鹿去后台和乐队准备压轴演出,我带着欧老师和孩子离开操场,穿过树林,来到浅滩。

"我以前读书的时候来附近的农场参加劳动,摘了两个星期棉花。我也和同学溜到外面,跑了很远,怎么就没能找到那么好的地方。"欧老师感慨。

"我们的运气好罢了。"我回答,"我总在想眼前的一切会不会只是因为我们的好运。"

"我见过不少好运的人,好运也不会凭空而来啊。"

"那他们的好运都持续了多久?"

"你为什么要在意这些呢。"欧老师转头看着孩子，孩子似乎对人一点也不感兴趣，他在浅滩上找到更多美丽的石头，然后又将石头投掷到黑暗的水中。

我们重新回到操场的时候，第五支乐队刚刚结束表演，远处有人在放孔明灯，无规则运动的光点在热气中迅速升入夜空，欧老师要我赶紧回到朋友中间去。不久之后王鹿的乐队便登场了。主唱像是六十年代嬉皮聚会上的男孩，歌词很感人，唱得也很好，几乎每首歌的结尾他都倒在地上。于是操场上的人更加躁动，前排在原地撞来撞去，后排也使劲往前面涌，被白色的灯光照着，形成一片片的浪。而王鹿仿佛浪间的礁石，保持着稳定的节奏与姿态，那么动人。我渐渐逆着人浪退到外面，看见一个男孩在操场的边缘跳舞，形成一片完全属于他自己的空地。男孩穿着极其招摇的夏威夷衬衫和百慕大短裤，短发染成浅浅的稻草色，一手拿着可乐一手夹着烟，旁若无人，令我也很想加入其中。

乐队返场三次，最后一次返场，全场点着打火机大合唱之际，京突然侧身撑手跳上舞台，打开一瓶矿泉水浇在自己身上，然后助跑几步以后转身张开手脚，俯冲坠入人群中，没有被接住。前排的人顿时惊慌地彼此推搡,朝舞台右侧挤去,底下那些脆弱的木板在冲击下断裂塌陷,音箱倒地以后舞台电源被拉断。刹那间只剩下月光。我立刻往京摔下来的地方跑,其他人已经围住了他,他四仰八叉躺在煤渣地上,满口脏话,应该没大碍。但无论如何派对结束了,大家在黑暗的操场上徘徊,直到确信不会再有更好的事情发生,才陆陆续续散开,前往停车场和交通站。

王鹿陪京去了医院,我们其他人留下来扫尾。最后一班大巴离开以后,操场上还有一些不愿意离开的人在黑暗中席地而坐,想要进行持续到清晨的交谈。外面一片狼藉,我踢着空易拉罐,听它们滚动的声音,第一次体会到派对结束以后无边无际的伤感。我们在营房过夜,铺开睡袋,太累了,陈浩很快就找到一个角落,面对墙壁打起了鼾。我抽了很多烟,直到开始感觉恶心,旁边有一个女孩在和其他人讲云南见闻,我断断续续地听,非常精彩。后来隔壁营房有人弹吉他,小皮说要去那里看看,她走了以后便没有再回来。

夜晚有很多蚊子,我睡得很浅,天没亮就醒了,来到操场,工人们都还没有回来,只有昨晚的夏威夷衬衫男孩,他戴着耳机,拖着垃圾袋,一边听音乐一边弯腰拾垃圾。见到我以后，他摘下耳机和我打招呼，问我想不想一起去看看日出。我们穿过树林，往浅滩走去，在水边等了一段时间以后，天彻底亮了，看不见太阳，白色的水鸟从树林里往外飞。夏威夷衬衫男孩从口袋里掏出一包饼干和一包烟给我。

"谢谢，但我再也不想抽烟了。"我说。

"我也不抽烟，烟是我捡来的，想着其他人可能会需要。"他说。

我接过了饼干，并且看清楚了他的模样。他其实没那么年轻，不能算是男孩，戴着一副塑料框的眼镜，鼻梁的镜架处粘着胶带。见我盯着他看，他推推眼镜说，"上周和朋友去森林公园烧烤，我凑在那里仔细看炭的燃烧，结果等反应过来的时候，眼镜架都融化了。哈哈哈哈。"他自己高高兴兴地笑起来。

"我们前几天也在这里生了火。"

"哦哦。你和你的朋友很会找地方。"

"我的朋友——"

"昨晚跳海的那位怎么样了？"

"他需要躺一段时间，但没什么大事。"

"跳海不能那么跳，得要看准时机。"他煞有介事地说。

"你怎么能叫一个跳海的人看准时机啊。哈哈哈。"我们笑了一会儿，分吃完一包饼干，回到操场。工人已经回来了，其他人也陆陆续续醒来，来到操场劳动。后来卡车过来拖走了音响和灯光设备，我和小皮坐在营房外面的遮荫处休息和喝水，看男孩们和工人一起收拾最后的建筑垃圾。

"京昨晚的情绪那么激烈是因为王鹿在派对开始前和他分手了。"小皮说。

"他们在谈恋爱？"我有些伤感，这些事情我一点都不知道。

"我以为他们更喜欢集体生活。"

"你最喜欢王鹿什么？"我问小皮。

"美丽的大脑和敏感的心。"小皮想了很久以后回答，"你呢？"

"和她在一起，万物随之如梦如幻。"我是这样想的，但我没有说出来。

之后我们坐最后一班巴士返程，发车前我四处寻找夏威夷衬衫男孩，但他不见踪影。我有些遗憾，却很快忘记了他，和朋友们回到了指挥部。王鹿和京已经从医院回来。王鹿像是几天几夜没睡，枕着书包，轻轻打呼。而小鸟依偎在她头发做成的窝里，偶尔轻轻抖动一下翅膀。

派对过后的相关讨论在论坛里持续了很长时间，大家反复回忆和调侃那一天的种种细节，总有新的瞬间成为更高光的时刻。我也不可避免地和其他人一样，想要不断延续集体幻觉，甚至还写了一篇文章发表在《音像世界》杂志上，后来却再也没有敢重读，我想那是因为被反复揣摩的快乐最终却结晶为近乎哀伤的记忆。网站的注册人数也在那段时间里激增，连续好几天的在线人数都维持在一万以上。小皮说那是一个技术性错误造成的，并非同时在线人数，而是当天在线人数的总和。但原先的免费论坛空间无论如何也已经捉襟见肘，小皮在线上发起一场募捐，没想到得到踊跃回应，我们几个或多或少都凑了钱。小皮用这笔钱租用了独立服务器，并且趁此机会升级了论坛。自此论坛被分隔成几个版块，不再只是简陋的聊天室。但实际上大家习惯了混乱，没有人遵循版块划分的规则。

我们节目的收听率在此之后攀升至小小高峰，自十月开始改为直播。我和王鹿原本想在第一期直播中请指挥部的各位一起来节目里做嘉宾，但是京在九月底便来到指挥部和我们道别。他终于谈成一笔大生意，要去深圳，从那里倒卖一批电子产品去莫斯科，等赚到钱以后他要去东南亚的海边生活，泡妞和冲浪——"应该是再也不会回来了。"他是这样说的。但陈浩和其他人打赌京会在冬天到来前回来，他绝对无法再在莫斯科熬过一年。

京离开之后不久，王鹿也下定决心从指挥部里搬了出来。当时小皮家里空出一间出租房，原本是租给饭店的女工宿舍，那间饭店倒闭以后便空关着。房子在杨浦大桥脚下的新村，有卫生间，煤气灶在公共过道里，租金非常合适，而且被之前居住的女孩们维护得干净整洁。王鹿搬家那天，我们其他人也都去帮忙，除尘，粉刷阳台，更换灯泡。阳台外面有一大片树木，大风刮过，便发出巨大的声响。我们劳动至深夜，坐出租车去了通宵营业的大型超市。超市里除了我们没有其他夜游的人，明亮到几乎产生回声。我们推着购物车，穿梭在庞大整齐的货架之间，随意浪费时间，反复挑选便宜坚固的物品。我也不知道这样说是否确切，但我想京的离开让我们每个人都对原有的一些想法产生了动摇，想要去终结或者开始一些事情。

从第一期直播开始，我和王鹿打算在节目里陆续回顾二十世纪摇滚乐历史。在论坛公布以后，大家纷纷提供素材，借给我们稀缺珍贵的正版唱片。第一期做得相当顺利，我们在中途接听了两位听众来电，直到楼下监管部门的领导突然闯入录音室，厉声呵斥："你们放的是什么垃圾，立刻停止，节目停播整改。"

当时电波里正在播放的是"音速青年"乐队同名唱片中的一首歌。我完全不清楚发生了什么，大脑空白，眼看着王鹿果断地把音乐调低，然后用极其冷静的声音对着话筒说："对不起，刚才大家听到的不是垃圾或者单纯的噪音，而是二十世纪最重要的简约派音乐家的作品。我们无法再继续播放，再见，了不起的二十世纪。"欧老师等到王鹿把这句话说完，才彻底切断了直播，我的耳返里响起轻柔的室内音乐。我这才意识到，王鹿在哭。她用手肘撑住桌子，肩膀剧烈起伏，哭得毫不掩饰。

当天晚上小皮把事情的始末整理出来发布在论坛上，几小时之后，底下的跟帖滚动了几十页，真诚炽热。我和王鹿守在电脑跟前，不断刷新页面，回复消息。后半夜的论坛里，大家接连放歌，井然有序，讨论摇滚的每一波浪潮。我那么感动，却也第一次感觉到沉重的东西压在心头。到了第二天，各地的摇滚论坛纷纷赶来观摩，参与讨论，新注册用户剧增。几大门户网站的音乐频道都报道了这场风波，他们用的标题是——"这是大陆摇滚青年在虚拟世界中的第一次大型会面。"

"接下来不知道会怎么处理我们。"我问王鹿。

"最坏也不过是节目停播。但如果是那样，整个论坛的人都会去电台门口游行。"王鹿回答。

然而惴惴不安一个星期以后，我和王鹿回到电台，想象中的事情一件都没有发生。直播正常进行，除了唱片被没收之外，我们没有受到任何惩罚。相反，不久之后，台湾的联谊电台邀请两位主持人去台北和几位年轻音乐人做一期节目，聊聊两岸摇滚乐的近年发展，欧老师决定将我和王鹿派去台湾。这期间，我们有好几次想找欧老师谈谈，但欧老师或许是完全忘记，或许是认为不值一提。有时我们说起，她想一想，似乎并不理解我们在说什么。我想不是她不愿意与我们交谈，而是她心里想着其他事，却不想向我们提及。节目一期期往下做，再也没有人闯进录音室，但我想，无论是我还是王鹿，都在等待着这样的事情再次发生。与此同时，台湾的签证流程极其复杂，但我们积极准备材料，不厌其烦地在各种机构排队，最终得以在十二月底成行。

　　我和王鹿提前一周来到台北，住在西门町的青年旅馆。旅馆便宜整洁，仅有的问题是半夜摩托车的啸叫，以及派对归来的人外放的摇滚和饶舌音乐。其他人抱怨连连，只有我和王鹿感到一切都是新鲜的，不为任何事情感到困扰。

　　我们每天早晨先在门口便利店买两个饭团，然后坐捷运去师大附近淘唱片。那片区域有不少开在地下室或者阁楼的二手唱片店，老板普遍为人宽厚，除了特别珍贵的版本不能拿出来，多数唱片可以试听。我们坐在地上，抱着纸板箱，各自戴着耳机，找到好东西就互相交换。电台给的津贴相当有限，我们精打细算，拿在手里的唱片都舍不得放下，常常从狭窄的楼梯爬出来，外面天光已暗，而马路上游荡着成群结队的年轻人，看起来全都像是张震岳歌里唱的那样。晚上如果不下雨，我和王鹿就带上啤酒和可乐，去旅社的露台聊天。天气不冷也不热，有些潮湿，旁边有橄榄树，柚子树和榕树。我们仔细回顾白天听过的唱片，总在懊悔没有买下的那一张，叹息着发誓，明天醒来便立刻回到店里去。

　　工作完成得很顺利，我和王鹿在电台中结交了乐队的新朋友，一个吉他手兼主唱，一个鼓手和一个什么都会的女孩。他们邀请我们去看他们的演出。演出在大安森林公园，我们早早来到公园门口与其他人汇合，有点冷，但是他们扛着设备和一箱啤酒，男孩都穿夏威夷衬衫和拖鞋，女孩穿低腰牛仔裤，扎着头巾。傍晚的公园非常热闹，一大群人聚集在同一棵大树底下看鸟，我们也跟着驻足观望，有个阿伯给我望远镜，解释说一只小鸟正要破壳而出，我接过望远镜看了很久，什么都没看见。乐队演出在水池旁边的一片水泥空地，几个人分工明确，动作利落，很快就搭建好了设备，女孩摇着沙铃，塑料桶也成为打击乐器，歌曲旋律无忧无虑，整伙人仿佛常年流浪的马戏团，是我和王鹿从没经历过的气氛，又朴素又疯癫。四周鸟语花香，这时候天也暗下来，看鸟的人从树下散开，又聚拢到舞台周围，台上台下的人都在喝啤酒，跟随节奏晃肩膀和抖脚，这样没出半个小时就引来两位警察。然而两位警察态度温柔，循循善诱，非但不着急赶人，反而也跟着一起晃肩膀和抖脚。于是乐队又格外卖力地演了两首歌才散场，把周围的垃圾都收拾得干干净净，警察和我们其他人也一起帮忙。

　　第二天下午他们三个骑着摩托来旅馆接我们去看

飞机降落。我和王鹿坐在男孩的车后,女孩则带着一只小狗。我第一次坐摩托车,克服了最初的紧张以后,周围风景浮光掠影。我们在松山机场后面的荒地里打转,往返几次错过极其不起眼的标识,之后经过一条颠簸的小道驶入停机坪背后腹地,直到被铁丝网和植物挡住去路。路边零零散散站着一些等待的人。风很大,把树枝、野草和人都吹得东倒西歪。他们说天不好,云层太厚。很快所有人都朝一个方向仰起头来,有第一架飞机出现。先是远处云层里闪烁的机翼灯,接着飞机慢慢显出形状,不急不缓地朝我们的方向接近,是一架小型的螺旋桨飞机,在大风中左右摆动着保持平衡。从头顶低低掠过时,我不由自主地俯了俯身。后来我们纷纷拿出零钱来打赌,从机翼灯来判断是大飞机还是小飞机。有时一架庞大的空中客机轰鸣着降落,大家都张大嘴巴,默不作声,仿佛置身于抹香鲸的肚子底下。

晚上我们一起去了乐队排练房。排练房在普普通通的居民楼里,电梯很窄,只能面对面容下四个人,提着乐器和音箱的话就得分批乘坐。那里原本是鼓手自己家的屋子,走廊里堆满东西,得侧身挤过,窗户和门都加厚了,四面墙壁和天花板贴满吸音棉。冰箱里都是啤酒,地上都是烟屁股。我和王鹿坐在窗边,对面的楼房窗户闪烁着各种霓虹广告,贷款的,卖机票的,辅导功课的。他们排练的新歌和昨天在公园的演出完全不同,随手拿起来的生活用品都被当作打击乐器,相当朋克,又极其嬉皮。窗门紧闭,噪音轰鸣,我很快就热得透不过气来,并且感到整栋楼都在摇晃。等吉他暂停的间歇,我们才反应过来,外面的人已经快把门砸烂了。开门以后外面又站着一位警察。

"你们到底什么时候才去参加比赛。又有人报警。"警察问他们。

"下个月。放心吧,等我们赢到奖金以后就去租真正的排练房。"鼓手说。

"其实我们有时候也会去乐器行排练,但那里计时收费,而且还得排档期。"吉他手说。

"你们要注意音量啊,练得那么辛苦,总被开罚单得不偿失。"警察说着开出一张罚单。他们接过罚单,然后女孩从冰箱里拿出一罐啤酒给警察,警察摆摆手和他们道别。

"我们正在准备参加一个乐队比赛,要是得到大奖,扣税以后会有十七万台币的奖金。我们每个人分一万块钱,剩下的就可以存起来当作乐队的基金。等你们再来的时候，我们肯定已经找到了更稳定的排练房。"吉他手转身告诉我们。

然后他们关闭了效果器，打开窗户。外面是马路上摩托车的洪流，他们在音箱里放起轻柔的古典音乐。

"我一点也不想回去。"我告诉王鹿。

"我也一样。"她回答。

我和王鹿在新年第一天离开台北，第二天回到电台开会。广播大厦门口全部都是人，保安说昨天他们也聚集在这里，不知道发生了什么。很冷，但人群安安静静的，穿得很多，席地而坐，带着吉他、海报和花，给往来的工作人员让出行走通道。欧老师在会议开始前找到我和王鹿，告诉我们张宙的节目停播了。除了持续低迷的收听率之外，主要的原因是从今年起，所有节目都将实行广告自营，简单说来，以后只有能拿到广告赞助的节目才有资格继续生存下去。欧老师向来未雨绸缪，从索尼公司为我们和张宙以及她所负责的其他几个节目拉来第一笔赞助，但是张宙在此之前已经决意离开。我们非常吃惊，因为我和王鹿依然在等待处理结果，始终认为被停播的应该是我们的节目。

"张宙接下来要去哪里？"王鹿问。

"他要和朋友去边境办学校。但他对不同的人有不同的说法。"欧老师说。

"哪里的边境？"王鹿继续问。

"我不清楚。他没有说。也可能他只是喜欢边境这个意象，他就是这样的。"欧老师说。

"外面都是来道别的听众啊。"我和王鹿感慨。

"新年夜就已经有人等在了外面，张宙的节目那天播出最后一期。但他已经走了，他早就做好了决定，之前没有和其他任何人说。"欧老师说。

"我们还没见过他——"王鹿说。

"你们见过他。在你们的派对上，那天他也去了。"欧老师打断我们。

"他来参加了我们的派对？"我和王鹿都很吃惊。

"凡是派对，跋山涉水他都会去的。他很喜欢你们，和你们各自聊了天。"欧老师说。

"我想起来了。他来舞台边找我，在京摔下来之前。"王鹿说。我也想起来了，那个夏威夷衬衫男孩。

"你们聊了些什么？"我赶紧问王鹿。

"摇滚乐之类的。"王鹿说。

"还有呢？再想想。"我继续追问。

"我那时在想着其他事情，没法专心和他讲话。他能感觉到，但似乎也并不在意。"王鹿说。

"你呢？"王鹿问我。

"朋友。我们聊了朋友和友谊。"我现在又想起更多。我们在水边，在浅滩上，太阳迟迟没有升起来，那真的是很长一段时间。我们始终都在交谈，有时候是他在讲，有时候是我在讲，一点都没有厚此薄彼。水面吹过干净的风，虽然有很多云，但光线透亮。我的饼干渣都掉在地上，麻雀过来，在我们脚边走动。后来张宙说起京的跳海，于是我断断续续地说着我的朋友，怀着显而易见的骄傲和快乐，他也说起他的朋友，但不是某个具体的人，而是一段胡作非为的时光。

我和王鹿走出广播大厦的时候，外面的人群仍然没有散去，于是我们也加入他们。气氛轻松散漫，不像是道别，却仿佛是派对的序幕。这时有人拨开人群，张开双臂，朝我和王鹿大步走来。

"潇潇！"王鹿大叫，继而跳起来抱住潇潇。天冷得要命，潇潇只穿着运动衫和牛仔外套，和我们最后一次见面时一模一样，一贫如洗又绝对纯洁，本该出现在美国，而不是这里。我也想拥抱潇潇，但我迟疑了。潇潇坐下，从口袋里掏出烟分给我们。

"我那天听完张宙的节目就跑来电台了,想要当面和他道个别,但我想他多半是已经离开了。"潇潇说。

"这几天你一直都在这里?"王鹿问。

"前天来了,昨天也来了,今天刚刚过来。我想即便见不到张宙,也能见到你们。"潇潇说。

"我不知道你来上海了。"我说。

"说来话长。你们知道防风林转手了吗?"潇潇说。

"谁要接手那种地方啊。"我说。

"有说要改造成书店,也有说要改造成歌厅。"潇潇说。

"那些客人都去哪里了?"我问。

"不少人已经离开了南京,反正他们总有可以去的地方。"潇潇说。

"你是怎么回事?"我问。

"去美国的签证被拒了。他们说那段时间里送到美领馆的签证,整个房间整个房间都被拒。我颓了一段时间,后来正好防风林的老板搞到一笔日本人的投资,在上海开了一个演出俱乐部,设备和技术人员都是从日本运过来的。我就跟他来了上海,已经是去年夏天的事情。"潇潇说。

"你当时怎么不来找我们?"我说。

"这不是羞愧嘛。但张宙的节目和你们的节目,我一期都没错过。"潇潇说。

"张宙在节目里最后说了什么?"王鹿问。

"他说再见。"潇潇说。

"没了?"王鹿问。

"没啦。但他那样说,你会觉得,你们再也不会再见。"潇潇说。

"其实我们都没再继续听张宙的节目了,不知道从什么时候开始。"我说。

"那真不错。我想是因为你俩已经度过了最困难的那段时间。"潇潇说。

"是吗?"我问。

"那你接下来怎么办呢?"王鹿问。

"我嘛——我想先对生活负起责任来。"潇潇这么说,怀着乐观和忧患。我想他和以前多么不同,他在担心很多事情,但我又想,他只是在说梦话。

我们三个离开广播大厦以后一起走了很长的路,我感到潇潇走在我身边又长高了一截,也可能是更瘦了,肩膀撑住薄薄的外套,看起来像是那种随处可见的忧心忡忡的年轻人。某些时刻或者角度,非常不像是他。但我想,我不应该总是拿过去的事情作为参照物，而且我很久没见到潇潇，变得陌生，也是极其自然的。后来我们来到河边。风无遮无拦，又野蛮又刺骨。我们遇见桥就翻过去，一会儿在岸的这一边，一会儿在岸的另一边。有些地方极其破败，防洪堤底下散发着尿味，天稍稍暗下来以后，水鸟和蝙蝠便在低空徘徊。路上结冰，我们走得极其小心，而且总是被棚屋、绿化带以及突然出现的路障阻断，不得不绕过小片小片的居民区，再想方设法回到河边。河流湍急，眼睛就能看见浅浅的浪和漩涡。我们交谈得越来越投入，对于周边事物变得毫不在意。

河对岸的楼房渐渐亮起灯，枯萎的芦苇大片大片倒在河边，我们在中间穿来穿去，又累又渴，终于不得不停下来，坐在防洪堤上喝水和抽烟。风小了，气温却变得更低，空气里始终有冰冷的泥煤味。我们不时站起来，跺脚，原地转圈，跳来跳去，不让自己冻僵。附近不知道哪里有篮球场，能听到叫喊和球撞击水泥地的声音，还有夜钓的人在电鱼，啪啪直响。

"苏州河里有人游泳吗？"潇潇问。

"从没见过。以前河水太脏了，现在慢慢好起来。"王鹿说。

"那有人划船吗？"潇潇问。

"没有。"王鹿说。

"皮划艇呢?"潇潇继续问。

"你的想法都过分浪漫了。"我打断了他。

"据说有游船码头,船会沿河道行驶一段,但没人见过,也不知道是哪一段。"王鹿说。

"我们也可以这么做,自己划船,游览两岸风景,肯定没人这么干过。"潇潇憧憬,"小时候我家有个充气艇,用打气筒充气的那种。你还记得以前有段时间吗,人人家里都有充气艇,暑假里我爸和我带着充气艇去水库,特别管用。"

"河里可以划船吗?"我问。

"没人想过这样的问题。"王鹿说。

"我不是在说着玩,我是认真的。"潇潇说。

"我知道。你想要对生活负起责任。"我这么说,像是在嘲讽他,但其实完全没有。

"是啊。我也觉得艰难,但我会这样去做的。"潇潇说着,似乎下了很大的决心。而我看着河水,感到就快下雪了,河面有些地方结起薄薄的冰。我不知道潇潇为什么要强调这个,他又陷入忧心忡忡的状态,为了一些我所不能理解的事情。但是我对他说,"我明白。我理解你,我也是这样想的。"

五点半以后天便彻底暗了，我们爬下防洪堤，穿过瓦砾和杂草，在附近的公交站等车。我们不知道自己到底走了多远，站牌上全部都是不认识的路线。随意跳上一辆开往人民广场的车以后，车上没什么人，我们占据了整个后半部分的车厢。沿途荒芜，一路都是巨大厂房，衬托着冬日的无边无际。司机有时候接连几站都不停，有时候又在一站停很久。车再次停下的时候，潇潇突然跳起来，说他要下车，然后他便真的下车了。下车以后他没走，车也没有开，我觉得那是非常漫长的一段时间。我和王鹿看着车窗外面，除了夜晚宽阔的沥青道路，和几株不知是否能熬过冬天的小小树苗，什么都没有。我想潇潇根本不住在这里，他只是非常擅长以各种方式道别。后来车终于开了，引擎震动着，潇潇站在原地点了一根烟，朝我和王鹿挥手。我又扭头看他，很快就看不见了。

春节之后我和王鹿振作起来，试图自己去解决广告和钱的问题。然而这次面对的困难与以往不同，我们向来对更为庞大的系统和结构不屑一顾，缺乏基本认知，因此付出的努力毫无章法和方向，幼稚可笑。每次与专业人士沟通之后，挫败感都在加剧，写给各类唱片公司和文化公司的邮件也没有得到任何有效的回复。我们陆陆续续去了一些酒吧和俱乐部，有时与那里的人开怀畅聊，结果他们往往比我们更需要钱和帮助。这种情况持续着，直到潇潇工作的俱乐部正式开张，邀请王鹿和乐队去演出，回来以后他们对那里赞不绝口。据说俱乐部老板野心勃勃，想大干一场，一口气签了不少乐队，给的条件相当优厚。他对我们的节目也很感兴趣，说好等到三月份，日本那边的投资人过来，我们再一起谈谈赞助的事情。但他希望我们在此之前能做出两期重磅节目，作为谈判的筹码。

正逢罗大佑在广州开完演唱会以后来到上海，三月初要在同济和华东师范大学做两场音乐讲座。我们向欧老师申报了选题，同时联络唱片公司进行采访。

采访被安排在同济的讲座之前，我和王鹿提前到达，在教学楼的一间会议室里等待。罗大佑准时推门而入，跟随着两三位工作人员。他穿着朴素的深色夹克，精神抖擞，两手空空，我却立刻辨别出一些难忘的东西。他坐下之后又起身，打开窗户，窗户对着操场，他问我们能不能去那里采访。

于是他撇下工作人员，和我们一起穿过操场，在领操台上方的看台坐下。我和王鹿重新支好了录音设备，从耳返里能听见远远的欢呼声和口哨声。罗大佑说话的声音像一只从低空掠过的大鸟，舒展着翅膀。那段时间他搬到北京居住，往返于北京和香港之间。王鹿和他聊起北京的事情，城中村的奇崛，四处都在挖掘和建造的大型工地，但是冬天的北海公园总是那么美。说到这里，我们每个人都点了一根烟。风有一点料峭，有一点暖和。

"你还记得二〇〇〇上海的那场演唱会，结束之后你做了什么吗？"我问罗大佑。

"我坐车回酒店，经过衡山路，听到路边有人在合唱《未来的主人翁》，非常想要加入其中。"他回答。

"我俩是在那天认识的，在那场演唱会上。"我说。

"真的吗。友谊万岁。"罗大佑说。

"友谊万岁啊。"我们说。

之后我和王鹿回到电台彻夜剪辑录音素材，最终剪出上中下三集节目。除了有罗大佑的采访之外，我们还将在台湾录制的素材也加入其中。那些素材里有大安森林公园里的演出片段，朋友们在排练房和露台的聊天记录，音像店里播放的八十年代和九十年代民谣，荒野里飞机引擎的轰鸣。等我和王鹿从剪辑室出来，清晨的马路上空空荡荡。我们在高架下走了一段路,没有车,工地的机器仍在休眠中,无边无际一场梦,王鹿大声唱着——

飘来飘去,就这么飘来飘去。

飘来飘去,就这么飘来飘去。

这期节目在全国广播大奖赛中获得了十佳节目的奖项。小皮将节目压制以后上传到论坛,在其他各个网站和论坛间被转载无数。有一间新成立的唱片公司因为从节目里听到台湾乐队的小样,通过我们联络他们,很快与他们签订了唱片合约。正好他们没能在那场重要的乐队比赛中获得头奖,与奖金失之交臂,于是干脆卖掉了摩托车,三个人搬到了北京,住进鼓楼附近的胡同,一边录制唱片,一边演出。我和王鹿要去北京领奖,便和他们说好在北京见面。

然而到了四月,SARS 在北京全面爆发,学校停课,部分工厂停工,颁奖晚会取消了。接下来上海也受到了影响,政府借此对全市防空洞进行整治,扫除顽疾,驱逐了大量地下人口和设施。指挥部旁边的服装厂因为非法运营和劳工问题被整个端掉,一百台缝纫机一夜间消失得无影无踪。陈浩趁机用极其低廉的价格盘下服装厂被清空的几间房间,改造成排练房。

他预言从现在起，直到奥运会，将迎来一场文艺复兴。

然而不久上海所有乐队的演出和排练都停摆了，不少俱乐部和酒吧因为生意惨淡而歇业，也包括潇潇工作的俱乐部。据说日本方面已经撤资，值钱的设备被连夜运走，之前签下的乐队除了预付款之外，没有拿到任何演出费用，滞留的员工也被拖欠了两个月工资。王鹿和其他几支乐队接连几天去俱乐部催讨演出费，但老板始终不见踪影。僵持几天之后，大家撬开酒柜，合力喝空了那里最贵的酒。

我和王鹿失去了原本说好的广告赞助，但电台看重获奖以后的节目价值，不久便做出了改版的决定。加大投入将节目打造成青春品牌，由广告部专门负责节目的广告合作和冠名，并且调派一位有影响力的主持人和王鹿搭档，在八月底节目完全改版前终止与我的临时合约。欧老师在正式公告发布之前将这个决定转述给我和王鹿。她的表达相当谨慎，不断停顿，但我感激她温柔和决断一如既往，并且始终没有对我表现出遗憾或者同情。

"我不会留下的。"王鹿坚决地回答。

"你们都可以再考虑一段时间。"欧老师说。

"这已经是好久一个梦，随时结束都值得。"王鹿问我,"是吧?"

"你们还记得那个得一等奖的西北男孩吗?"我问她们。

"是啊。"王鹿说。

"有时候我遇见困难,便想象他去的地方,想象人生的其他可能性。风是怎么样的,草又如何翻滚成浪。"我说。

"你们知道所有的事情都是阶段性的吧。困难也好,快乐也好。"欧老师说。

"是的。我明白。"我又想,我们横冲直撞,无论如何也穿过了重重险滩。

SARS 的阴影消失殆尽之后,陈浩的预言得以应验。那段时间各地都在疯狂举办音乐节,新组建的乐队前赴后继,他刚刚改造完成的两间排练房突然档期全满。排练房虽然装修简易,但设施齐备。一部分是京留下的,一部分是从 eBay 买的,都是便宜的二手进口乐器,对没有演出经验的年轻乐队来说已经足够。四十块钱一小时,学生有折扣,比在外面唱卡拉 OK 便宜很多。

小皮在论坛上开设了租赁板块,交换排练房信息,询问价格和设备。置顶的帖子里强调了排练房的规则，禁止吸烟，禁止明火，禁止私拉电线，禁止留宿。其实根本不管用。后来有昆山和苏州的乐队坐火车过来排练，一百块通宵。排练房里终日乌烟瘴气，留宿着各种流浪儿。防空洞的气氛很快变了，涂鸦覆盖了通道，更不用说遍地的烟头和啤酒瓶。有时候我们早晨回到指挥部，要穿过外面的呕吐物和烂醉的乐手。有过几次斗殴，最严重的一次从地下打到地面，招来警察和救护车。渐渐论坛里有人称陈浩为地下摇滚教父，大家见面都这么叫他，我们也跟着叫，觉得又好笑又讽刺。

后来有记者过来采访和拍照，让陈浩讲将来的规划。陈浩说他不要做教父，他要做防空洞国王。记者也采访其他人，但我们每个人都在扯淡。他问我们是否知道情境主义，没人听说过，以为是一种环保概念。他解释说在六十年代的欧洲，年轻人放下各种社会关系，在城市和乡村中进行漂移实践的活动——"但这里的人不是什么主义，他们只是耗着，等待可能根本不存在的建议。"陈浩打断他。我能理解他在说什么。那段时间里我和王鹿始终回避说起与节目相关的事情，不断推迟做出决定的时间，并且不约而同地开始重听张宙的磁带。

采访接近尾声时,整片区域停电。外面哄闹叫嚣,大家打着手电,陆陆续续从防空洞里出来。我们送走记者,买了一只西瓜,坐在马路旁边吃。小皮提起她收到一份工作的录取通知,我们都有些意外。应届毕业生受到 SARS 影响找工作都很困难,招聘会全部取消了,小皮其实已经有一段时间没有再投放任何简历。

"有几个程序员正在一起开发一个新的网站。如果真的做出来可能会非常了不起。所有音乐,书和电影,都能够在上面搜索到条目,也能够分享自己的感受。"小皮说。

"牛逼啊。你还迟疑什么。"陈浩说。

"因为公司在北京。过完暑假我就要去北京了。"小皮说。

"这样啊。"陈浩说。

"你还记得你和我们打的赌吗。冬天早就过去啦。"小皮对陈浩说。

"京嘛,这个混蛋。"陈浩说。

"好想他啊。我们应该给他打个电话。"小皮说。

"俄罗斯现在几点?"陈浩问。

没有人知道,但我们还是给京打了电话,那头立刻就接了起来。

"操。"京骂骂咧咧。

"你在干嘛?"我们问。

"我刚刚起床,在做早饭呢。"京说。

"你早饭吃什么呢?"我们又问。

"香肠,面包,腌蘑菇和酸奶油。"他说。

"那你吃完要去哪里?"我们继续问。

"我要和朋友去贝加尔湖,我们要去裸泳。"京说。

"有女孩吗?"陈浩问。

"废话。"京说。

"哈哈哈。吹牛逼。"陈浩说。我想象夏天的贝加尔湖,一道浪总是连接着另一道浪,感到心都要碎了。

录制最后一期节目前的一天,我和王鹿打电话给潇潇,约在人民广场见面。之后我们辗转几间大型体育用品商店,终于买到一艘充气艇,热心的店员询问我们要去哪里,又附赠了划桨和救生衣。我们从出租车下来,拖着充气艇,穿过一片建筑工地,来到苏州河拐弯处一小片杳无人烟的绿汀。时间还早,我们翻过桥到对岸踩点,观察水的流向,规划了线路,给小艇充气,然后等待天黑。水鸟也陆陆续续从四处飞回,扑进水里捕捉小鱼,站在树枝上吃,不久便纷纷消失在树荫里。

"今天的天气好像我们去紫霞湖的那天。"我说。

"是啊。我最近常常想起那天。"王鹿说。

"我告诉过你们,你们永远不会忘记那一天。"潇潇说。

"那天是我人生中第一次知道什么是高兴。"王鹿说。

"那竟然是你最高兴的一天。太可悲了。"潇潇说。

"不是最高兴,是从那一天起知道什么是高兴,知道了以后,就再也不想不高兴了。为了不要不高兴,我想我关闭了与其他很多人共情的通道。"王鹿说。

"你怎么会发现那么好的地方?"我问潇潇。

"紫霞湖吗,张宙带我去的,我没告诉过你们吗?"潇潇说。

"没有。你还有多少事情没告诉过我们。"我和王鹿说。

"张宙当时就住在距离紫霞湖两公里的地方,有一天我和防风林里另外一个人去他家里找他,忘记为了什么。晚上十一点多从他家里出来,他带着我们去紫霞湖游泳。也是现在的季节,风都是烫的。湖里就我们三个人,灌木丛里都是萤火虫,头顶能看到银河。

另外那个人好像是诗人之类的,所以张宙一直在和他谈论诗歌。我一个人游泳,没有加入他们的对话。上岸的时候,我的一只鞋在草丛里找不到了,可能被狗捡走了。我光着脚走下山,坐公交车回到学校宿舍。你们说,经历过这样的夜晚,是不是会对人生造成一些影响。"潇潇说。

"当然了。"我说。

"我也希望夜晚再去一次。"王鹿说。

"别说过去的事情了,今天可能也是永恒的一天啊。"潇潇说。

于是我们在岸边等到晚上十点,直到对岸楼房里的灯渐渐熄灭,穿上救生衣,脱下鞋子,一起将充气艇推入河道。潇潇先跳了上去,然后是王鹿和我。小艇剧烈晃动,等我们调整好自己的位置。接着潇潇执桨,很快便找到了节奏和方向,带起有力的波纹,小艇笔直驶向河道。夜晚的水流相比白天更浑浊和湍急,我们三个的重量把小艇压得不堪重负,船舷紧紧贴着水面,小小的浪就能把外面的水灌进来。两岸是低矮的仓库和厂房,我们经过一座桥,被台风刮断的树还没有来得及被拖走,遒劲粗大的树枝卡在桥墩底下,一艘河道垃圾清洁快艇驶过我们身边,停了下来，甲板上堆着从河里捞出来的水草，堆成一个个小坡。工人蹲在船舷抽烟，招呼我们说："你们从哪里搞来这玩意？"

"买来的。"潇潇说。

"可真不错。"他说着，驾驶员也探出脑袋，朝我们嘿嘿直乐。

"那边的人好像是在喊你们。"工人伸出手臂，左侧的岸边有人打着手电照向我们。但是光束太微弱，中途便消逝在黑暗的河面，只能看到两枚白色光点在灌木里舞动。有人朝我们喊话，但快艇的马达太响了，我们也得扯着嗓子彼此说话。

"他们在喊什么？"王鹿问。

"喊你们回去。可能是警察，那你们就惨了。"工人说。

"不是警察，是联防队的。你们得回去，河上不让划船。"驾驶员又探出脑袋来。

"我们也没看到告示啊。"潇潇说。

"你们要去哪里？"工人问。

"前面是哪里？"潇潇说。

"吴淞，然后从苏州进入钱塘江。但是你们这船不行，去不了远的地方。"工人说。

"我们没打算去那里,我们看看风景。"我们纷纷解释。

"晚上涨潮,你们当心。我们收工了。"工人弹出烟头。

"回见啊。"我们大声说。

快艇的马达轰鸣,拖出白色的浪,潇潇叼着烟,偶尔拨动一下桨。岸边的手电筒又多出几束光,但联防队员似乎也不再着急,只是在岸边跟着我们慢慢走。有时绕过棚屋和绿化带,消失片刻,又继续出现在前方。我们停下来,他们也停下来。我们抽烟,他们也抽烟。河面的风温暖湿润,远处有一些明亮的高楼,我们被蚊子和夜晚的水雾包围,忧心忡忡,像三个劫后余生的人。刚刚逃出一场灾难,休息着,毫不费力地顺流而下,直到前方出现一个荒凉的游船码头。水里立着褪色的罗马柱,栈板腐烂了,成为水鸟休憩的地方。

"靠岸吧。"王鹿坚决地说。

"这里吗?"潇潇问。

"是啊,这里不好吗?"王鹿回答。

于是我们奋力将小艇划向岸边,潇潇探身抓住栈板的缆绳。我们三个扔下充气艇,蹚过一小段柔软的淤泥,亮晶晶的,埋着易拉罐,硬币,树叶,死去的鸟。直到终于踩在结实的地面,我心里涌起感激,回头望向河的对岸,那里有十几束手电的光,照在水里,照在树叶上。我们朝他们挥手,吹口哨,我想他们什么都看不见,但其实我们都能听见,那边也传来欢呼的声音。

图书在版编目（CIP）数据

浪的景观 / 周嘉宁著. -- 上海：上海文艺出版社, 2022
ISBN 978-7-5321-8224-4

Ⅰ.①浪… Ⅱ.①周… Ⅲ.①中篇小说－中国－当代
Ⅳ.①I247.5

中国版本图书馆CIP数据核字(2022)第114624号

本书为上海文化发展基金会2021年度第二期文化艺术资助项目

发 行 人：毕　胜
责任编辑：张诗扬　金　辰
封面设计：陆智昌
内文制作：艺　美

书　　名：浪的景观
作　　者：周嘉宁
出　　版：上海世纪出版集团　上海文艺出版社
地　　址：上海市闵行区号景路159弄A座2楼　201101
发　　行：上海文艺出版社发行中心
　　　　　上海市闵行区号景路159弄A座2楼206室　201101　www.ewen.co
印　　刷：苏州市越洋印刷有限公司
开　　本：889×1092　1/32
印　　张：7.25
插　　页：4
字　　数：110,000
印　　次：2022年8月第1版　2022年8月第1次印刷
Ｉ Ｓ Ｂ Ｎ：978-7-5321-8224-4/I.6497
定　　价：52.00元
告 读 者：如发现本书有质量问题请与印刷厂质量科联系　T:0512-68180628